嚶鸣诸野：当代中国私家收藏明清及近代名贤手迹丛刊

滂沛寸心

清代名贤诗文稿集萃

马钦忠 编撰

國家圖書館出版社

图书在版编目（CIP）数据

滂沛寸心 ：清代名贤诗文稿集萃 / 马钦忠编撰
. -- 北京 ：国家图书馆出版社，2013.10
（嘤鸣诸野：当代中国私家收藏明清及近代名贤手迹丛刊）
ISBN 978-7-5013-5205-0

Ⅰ. ①滂… Ⅱ. ①马… Ⅲ. ①古典诗歌—诗集—中国—清代②古典散文—散文集—中国—清代 Ⅳ. ①I214.91

中国版本图书馆CIP数据核字（2013）第246093号

书　　名　滂沛寸心：清代名贤诗文稿集萃

著　　者　马钦忠　编撰
丛 书 名　嘤鸣诸野：当代中国私家收藏明清及近代名贤手迹丛刊
责任编辑　王燕来
版式设计　张　丽

出　　版　国家图书馆出版社（100034 北京市西城区文津街7号）
　　　　　（原书目文献出版社，北京图书馆出版社）
发　　行　(010)66139745，66175620，66126153
　　　　　66174391（传真），66126156（门市部）
E - mail　cbs@nlc.gov.cn（投稿）
Website　www.nlcpress.com → 投稿
经　　销　新华书店
印　　刷　上海丽娃河印业发展有限公司
开　　本　787 × 1092　1/12
印　　张　31
版　　次　2013年10月第1版　2013年10月第1次印刷

书　　号　ISBN 978-7-5013-5205-0
定　　价　600.00元

士有負盛名卒以虧大節咎在見事遲不能自
引決所以貴知幾介石稱貞潔唐季僖昭時干戈
滿天闕賢人雖發憤無計匡杌隉邈矣司空君保
身類明哲啟遂歸山阿閑門臥積雪視彼六臣流恥
與冠裳列遺像在山崖清風動巖穴堂茆一畝
深壁樹千尋絕不復見斯人有懷徒鬱切

舊作書呈

修來社翁 郢政

東莞武來定草

主　编

丁小明

本书责任者

编　撰　马钦忠
释　文　张　梅
释文校对　孙稼阜
特约审校　井玉贵
顾　问　顾　毅

丛书总序

间有论者云：『当今之世，日晦月明，存古之道，恐今不逮昔。』余以为不然，今之超轶前代者有数事，鉴藏必居其一也。盖鉴藏，存古之大宗也。其滥觞于宋，滋衍于元，极盛于明清及民国。数百年来，番番良士，莘莘同好，并轨扬芬，标领风骚。比惟问诸旧家，宗册如新；瞻彼前修，典刑未沫。且今地不爱宝，四海之藏，并出拍场，丽诸日月，明晖天壤。故鉴藏之道，文物之盛，今隆于昔远矣！

予性不敏，困学多歧，百里未半，一篑为山。而今屠龙未成，雕虫方炽，沪市中隐，闭门自讼。朋从往还，稽古相勖。吾友某君，皮藏甚富，尤喜聚前贤笔札，以为不啻亲接几席而聆欬唾也。一日，语及古今鉴藏家，以为封己守株、独乐者众，而绣梓通行、广诸同好者寡。某君言：『天下奇物无尽，吾之所有，愿寿之枣梨，与天下赏音者共珍之宝之，亦愿天下奇物常常一见为快耳。』吾曰：『噫！此愿大有可为，上则可以成就古人，与之续命。下则可充拓闻见，有裨学术。』顾名迹流传，散在诸野，甄综贯通，有待来者。方今藏家并起，雅德盛名，争辉共光。吾等负持同气之求，鸠集朋侪之藏，勉著先鞭。思益艺林以寸草，汩藏海以涓流，岁成《嘤鸣诸野》初编，区以六种，目次如左：

一、滂沛寸心：清代名贤诗文稿集萃

二、义门世泽：明末清初曲阜颜氏两世信札

三、谈屑拾馀：晚清驻朝鲜使臣丛札及诗文稿

四、桂棹兰枻：汤贻汾《秋江罢棹图题咏册》

五、雪堂雅集：罗振玉及其友朋手迹初编

六、长水遗珠：金兆蕃致曹秉章信札百通集释

初目既竣，芜杂疏漏，在所难免。遗讯大雅，当无旁言。前修往绪，藏海波流，蚊负之身，知非可任。掇华撷秀，尚或未逮！惟愿旧雨磨切，莫遗诸野之滨；新知投分，正期嘤鸣之日。拙编既次，爰掇数言，藉申鄙怀。

癸巳春莫东亭丁慕光撰于海上小雪堂

出版说明

此名贤诗稿册皇皇五大册，凡一百六十六开。上起明末下至道光，凡两百余年，搜罗宏富。徐立纲《家庆图》之题诗二十七开，应视为一册。余下一百三十九开。除七人为明末清初著名学人，余下均为乾嘉之际名臣硕儒。

此诗文稿撰者有王铎、傅山、顾炎武、尤侗、刘墉、梁同书、桂馥、孙星衍、翁方纲、吴锡麒、赵怀玉和伊秉绶等七十一名贤诗稿，或馈赠、或教诲、或唱和，字字珠玑，篇篇绝唱。大多均载《清代诗文全集》各人之诗文集中，稍有用字不同，既可补其不足，亦可供深入研究，补诗史之缺遗。少有未刊者，皆散帙之遗珍。

上款者有：颜光敏（修来）、袁枚（简斋）、翁方纲（覃溪）、法式善（梧门）、桂舲（韩崶）等等，可观乾嘉之际文人酬应之景。

递藏者有：费丹旭（子苕）、黄遵宪（人境庐）、奕䜣（春和园）、李玉棻（瓯钵罗室）等重要藏家。

傅山《徵君夫子近何如》为傅山与孙奇逢两位北方大儒的交游见证。顾炎武《王官谷》诗稿可补小莽苍苍斋所藏，更是顾氏人格的体现及安身立命的主张。此二纸极为珍贵。

目录

清代名贤诗文稿集萃递藏情况简述……一
第一辑　明遗民学人诗稿……一一
冯　啸……二〇
王　铎……二二
王　节……二六
傅　山……三〇
黄　云……三四
阮晋林……三六
顾炎武……三八
尤　侗……四二
第二辑　乾嘉时期名宦硕儒诗稿……四五
一、名臣诗稿……五一
汪由敦……五二
江　昱……六〇
曹秀先……六二
江　恂……六四
刘　墉……六六
梁同书……七〇
汪启淑……七二
苏廷煜……七四
顾光旭……七六
周升桓……七八
桂　馥……八〇
翁方纲……八二
永　忠……八四
方　薰……九〇
庆　桂……九二
董　诰……一〇六

陆　恭……一〇八
奚　冈……一二二
吴锡麒……一二六
汪端光……一二八
永　瑆……一三〇
孙星衍……一三四
谢振定……一三六
江　藩……一三八
鲍桂星……一四〇
顾　莼……一四四
顾鹤庆……一四八
张廷济……一五〇
陈文述……一五二
张问陶……一五四
陈曼生……一五八
孙尔準……一六〇
崇　恩……一六二
顾　尊……一六四
李遇孙……一七〇
祝　堃……一七二
叶绍本……一七四
佚　名……一七六
佚　名……一七八
二、桂舲上款诗稿……一八一
赵怀玉……一八二
伊秉绶……一八四
石韫玉……一八六
三、玉水上款诗稿……一八九

吴　鼒 …… 一九〇
熊方受 …… 一九二
张问陶 …… 一九四
汪　庚 …… 一九六
汪　午 …… 一九八
朱　桓 …… 二〇〇
吴荣光 …… 二〇二
四、尹嘉铨、钱载、英廉三人和诗小笺兼及乾隆朝最特殊的一起文字狱案 …… 二〇五
英　廉 …… 二一二
钱　载 …… 二二〇
尹嘉铨 …… 二二八
五、清代文学史研究的一个盲点：法式善的诗龛及作用 …… 二三九
任承恩 …… 二四八
汪学金 …… 二五二
何道生 …… 二五六
蒋攸銛 …… 二五八
裕　瑞 …… 二六二
洪饴孙 …… 二六四
陈希濂 …… 二六六
黄　金 …… 二六八
何元烺 …… 二七〇
沈　飚 …… 二七二
姚思勤 …… 二七六
祝　堃 …… 二七八
第三辑　徐立纲《家庆图》题墨 …… 二八一
刘　墉 …… 二八八

胡高望……二九〇
吴省钦……二九四
朱珪……二九六
嵇承谦……三〇〇
翁方纲……三〇二
曹文埴……三〇四
邵晋涵……三〇八
洪亮吉……三一〇
吴锡麒……三一二
汪学金……三一四
徐如澍……三一六
戴联奎……三一八
伊秉绶……三二二
玉保……三二四
朱理……三二六
陈崇本……三二八
陈万青……三三〇
缪晋……三三二
邵玉清……三三六
王大鹤……三三八
吴树本……三四〇
吴寿昌……三四四
张百龄……三四八
郑际唐……三五〇
童大年《家庆图》题墨跋诗……三五四
编者赘言……三五八

清代名贤诗文稿集萃递藏情况简述

该册诗文稿墨札作者共八十七人，年代跨度二百余年，上起明末下至清嘉庆朝，仅一两札为道光年间。是书共分三辑：

第一辑　明末清初著名学人诗稿

第二辑　乾嘉时期名宦硕儒诗稿

一、名臣诗文稿

二、桂舲上款诗稿

三、玉水上款诗稿

四、英廉、尹嘉铨、钱载三人唱和诗稿暨乾隆年间最特殊的一起文字狱案

五、法式善诗龛之朋旧诗稿

第三辑　徐铁崖《家庆图》题诗墨迹

一、诗稿作者情况概述

为便于了解整个诗稿之作者情况，特编下表，以简驭繁。

姓名	字	号	出生年月	仕进简况		成就及影响
冯啸						
王铎	觉斯、觉之	十樵、嵩樵、痴庵	1592—1652	天启二年（1622）进士	弘文院学士太子少保	《拟山园帖》《琅华馆帖》、行草书在书法史上有极其重要的地位
王节	贞明	惕斋	1599—1660	崇祯十二年（1639）举人	桃园县教谕	《惕斋诗稿》
傅山	初名鼎臣，字青竹，改字青主	石道人、丹崖子、浊堂老人、龙池道人	1607—1684	康熙中举鸿博不就		《霜红龛集》
黄云	仙裳	旧樵	1612—1691			《桐引楼集》《悠然堂集》
阮晋林						此为明末清初人
顾炎武	初名顾绛，字宁人	亭林	1613—1682	康熙中举鸿博，不就	明末清初著名学者、思想家	《日知录》《天下郡国利病书》《肇域志》《二十一史年表》《音学五书》《亭林诗文集》等
尤侗	同人	悔庵，晚号艮斋、西堂老人	1618—1704	康熙十八年（1679）举博学鸿词科	明末清初著名诗人、戏曲家	《西堂杂俎》《艮斋杂记》《鹤栖堂文集》及传奇《钧天乐》、杂剧《读离骚》《吊琵琶》等
汪由敦	初名汪良金，字师苕、师敏	谨堂，一号松泉	1692—1758	雍正二年（1724）进士	吏部尚书、内阁学士	《松泉集》《桃花寺行宫八景》《拟中秋帖子词》
江昱	宾谷	松泉	1706—1775		石鼓书院主教	《尚书私学》《韵歧》《松泉诗集》《潇湘听雨录》《梅鹤词》等
曹秀先	恒所，一字冰持、芝田	地山	1708—1784	乾隆元年（1736）进士	礼部尚书	《赐书堂稿》《依光集》《使星集》《地山初稿》等
江恂	于九，一字禹九	蔗畦，一号蔗田	1709—?	乾隆十八年（1753）拔贡生	凤阳知府	《蔗畦诗钞》
刘墉	崇如	石庵	1720—1805	乾隆辛未年（1751）进士	体仁阁大学士	《学书偶成》《石庵诗集》

姓名	字	号	出生年月	仕进简况		成就及影响
梁同书	元颖	山舟，晚自署不翁	1723—1815	乾隆十二年（1747）举人，十七年（1752），特赐进士		《频罗庵遗集》《直语补正》等
汪启淑	季峰	讱庵	1728—1799		工部郎	《水曹清暇录》《讱庵诗存》
苏廷煜	文辉	虚谷	1729—1813	乾隆五十四年（1789）拔贡	巢县教谕	
顾光旭	华阳，一字晴沙	响泉	1731—1797	乾隆十七年（1752）进士	四川按察司使	《梁溪诗钞》《响泉集》
周升桓	稚圭	山茨	1733—1801	乾隆十九年（1754）进士	广西巡抚	《皖游诗存》
桂馥	冬卉，一字未谷	雩门，别号萧然山外史	1736—1805	乾隆五十五年（1790）进士	云南永平知县	《说文义证》《缪篆分韵》《晚学集》等
翁方纲	正三，一字忠叙	覃溪，晚号苏斋	1733—1818	乾隆十七年（1752）进士	内阁学士	《两汉金石记》《粤东金石略》《苏米斋兰亭考》《石洲诗话》《复初斋诗文集》等
永忠	良辅，一字渠仙、敬轩	臞仙、香园、存斋、九华道人、栟榈道人、延芬居士	1735—1793		袭封辅国将军	《延芬室集》
方薰	兰坻		1736—1799	布衣		《山静居稿》
庆桂	树斋		1737—1816		乾隆年间官户部员外郎，嘉庆年间官至文渊阁大学士	
董诰	雅伦，一字西京	蔗林	1740—1818	乾隆二十八年（1763）传胪	历任内阁学士，工、户、吏、刑部侍郎，四库馆副总裁，累官至东阁大学士、太子太傅	工诗古文词，亦擅绘事，其画本经乾嘉二帝亲笔题咏，收于《石渠宝笈》
陆恭	孟庄	谨庭	1741—1818	乾隆四十五年（1780）举人		工书善画、精鉴赏，多收藏古帖名画

姓名	字	号	出生年月	仕进简况		成就及影响
奚冈	初名钢，字铁生	萝龛，别署鹤渚生、蒙泉外史、奚道士、蝶野子、散木居士	1746—1803	布衣	终身不仕	西泠四大家之一，为浙派印人之杰出者。有《冬花庵烬余稿》
吴锡麒	圣徵	榖人	1746—1818	乾隆四十年（1775）进士	主讲扬州安定、乐仪书院	骈文八家之一，《有正味斋集》
汪端光	剑潭	睦从	1748—1826	乾隆三十六年（1771年）举人	广西镇安府知府	《沙江集》《晚霞集》《才退集》等
永瑆		少厂，一号镜泉，别号诒晋斋主人	1752—1823		清高宗第十一子，乾隆五十四年（1789）封成亲王	《诒晋斋集》
孙星衍	伯渊，又字渊如	季逑	1753—1818	乾隆五十二年（1787）一甲第二名进士	山东督粮道	《平津馆丛书》《岱南阁丛书》《尚书今古文注疏》《芳茂山人集》
谢振定	一之	芗泉	1753—1809	乾隆四十五年（1780）进士	历官江南道监察御史、兵科给事中、礼部主事、员外郎	《知耻堂集》
江藩	子屏	郑堂，晚号节甫	1761—1831	监生	淮安丽正书院山长	《国朝汉学师承记》《国朝宋学渊源记》《尔雅小笺》《炳烛室杂文》等
鲍桂星	双五，一字觉生		1764—1824	嘉庆四年（1799）进士	詹事府詹事、文渊阁直阁事	《觉生诗钞》《咏史诗钞》等，又辑有《唐诗品》
顾莼	希翰，一字吴羹	南雅、晚号息庐	1765—1832	嘉庆七年（1802）进士	翰林院庶吉士，累官通政司副使	《和珅传》《南雅诗文钞》《滇南采风录》等
顾鹤庆	子余	弢庵	1766—1836			丹徒派代表画家，有《弢庵集》

姓名	字	号	出生年月	仕进简况		成就及影响
张廷济	原名汝林，字顺安	叔未，晚号寿眉老人	1768—1848	嘉庆三年（1798）解元		《桂馨堂集》《清仪阁题跋》《清仪阁印谱及诗钞》《金石家书画集小传》《广印人传》等
陈文述	原名文杰，字云伯，又字隽甫、退庵	碧城外史、颐道居士、莲可居士等	1771—1843	嘉庆五年（1800）举人	官江苏、江都、常熟等县知县	《碧城仙馆诗钞》《颐道堂集》等
孙尔準	平叔，一字来甫	戒庵	1772—1832	嘉庆十年(1805)进士	闽浙总督	《泰云堂集》
崇恩	仰之	雨舲，别号香南居士			山东巡抚	咸丰时有《宣城见梅图》
顾尊						
李遇孙	庆伯	金澜	约嘉庆中期在世	优贡生	州府训导	著《括苍金石志》以补充阮元《两浙金石志》之遗。另有《尚书隶古定释文》《金石学录》、《芝省斋碑录》《古文宛拾遗》等
叶绍本	立人，一字仁甫	筠潭	？—1793	嘉庆六年（1801）进士	历官福建学政、山西布政使、降鸿胪寺卿	《白鹤山房诗钞》
赵怀玉	亿孙	味辛，一号牧庵	1747—1823	乾隆四十五年（1780）举人	山东青州府海防同知、署登州知府	《亦有生斋集》
伊秉绶	组似	墨卿	1754—1815	乾隆五十四年(1789)进士	惠州、扬州知府	《留春草堂诗》,《坊表录》,《修奇正论》
石韫玉	执如，一字琢如	琢堂，又号竹堂	1756—1837	乾隆五十五年（1790）状元	山东按察使	著《伏生授经》《罗敷采桑》《桃叶渡江》《桃源渔父》《梅妃作赋》《乐天开阁》《贾岛祭诗》《琴操参禅》《对山救友》等杂剧九种，统称《花间九奏》。有《独学庐诗文集》

姓名	字	号	出生年月	仕进简况		成就及影响
吴鼒	及之，一字山尊	抑庵	1755—1821	嘉庆四年（1799）进士	侍讲学士、主讲扬州书院	《吴学士集》《百萼词集》等
熊方受	介兹	梦庵	1762—1885	乾隆五十五年（1790）进士	刑部主事，官至山东兖沂曹济兵备道	《偶园草》
张问陶	仲冶，又字乐祖	船山	1764—1814	乾隆五十五年（1790）进士	莱州知府	与赵翼、袁枚合称"乾嘉性灵派三大家"。有《船山诗草》
汪庚	工章	艾塘		嘉庆六年（1801）进士	授散馆编修	
汪午	清人汪庚族弟					
朱桓	海谷，一字骇谷	芝圃		乾隆解元		《自适吟草》
吴荣光	伯荣	荷屋	1773—1843	嘉庆四年（1799）进士	监察御史、湖南巡抚，兼署湖广总督	《筠清馆金石录》《吾学录》《历代名人年谱》《白云山人集》等
英廉	计六	梦堂，一号竹井老人	1714—1784	雍正十年（1732）举人	大学士	《梦堂诗稿》
钱载	坤一	萚石，又号瓠尊、壶尊，晚号万松居士、百福老人	1708—1793	乾隆十七年（1752）进士	礼部左侍郎	《石斋诗文集》
尹嘉铨	亨山	晚号古稀老人	1711—1781	雍正十三年（1735）举人	陕甘总督、大理寺卿	《小学大全》
任承恩	畏斋		1742—1797	乾隆二十四年（1759）授三等侍卫	历参将、副将，江南提督、福建陆路提督	
汪学金	敬箴	杏江，晚号静厓	1748—1804	乾隆四十六年（1781）进士	左庶子	《井福堂文集》《静厓诗集》

姓名	字	号	出生年月	仕进简况		成就及影响
何道生	立之	兰士，又号菊人	1766—1806	乾隆五十二年（1787）进士	乾隆年间，历工部主事、员外郎、郎中、运御史。嘉庆年间，历任九江、宁夏知府	《方雪斋集》
蒋攸铦	颖芳	砺堂	1766—1830	乾隆四十九年（1784）进士	历官文渊阁大学士、四川总督、直隶总督、军机大臣、两江总督等	《绳枻斋诗集》《黔轺纪行集》
裕瑞	爱新觉罗氏，字思元		1771—1838		封辅国公	《思元斋集》《枣窗闲笔》
洪饴孙	孟慈，又字佑甫		1773—1816	嘉庆三年（1798）举人	湖北东湖县知县	《补三国职官表》《补续汉艺文志》《毗陵艺文志》《世本辑补》《青堙山人诗》等
陈希濂	秉衡	瀫水		嘉庆三年（1798）举人		有诗集八卷
黄金	无假，一字小秋					王氏一家均能诗，与镇江诗人王豫一家友善
何元烺	原名道冲，字良卿，一字伯用	砚农		乾隆五十二年（1787）钦点翰林院庶吉士	户部主事，官御史、广西太平知府署	《砚农集》
沈飏					台湾府知府	
姚思勤	汝修	春漪	？—1793	乾隆五十四年（1789）举人		《东河棹歌》《东河棹歌诗注》等
祝堃	简田			乾隆四十六年（1781）进士	散馆编修	曾参与编修《四库全书》
陈曼生	本名陈鸿寿，字子恭	曼生，老曼、曼寿、曼公	1768—1822			为“西泠八家”之一，《种榆仙馆摹印》《种榆仙馆集》《种榆仙馆印谱》《桑连理馆集》

姓名	字	号	出生年月	仕进简况		成就及影响
不详一						
胡高望	希吕	豫堂	1730—1798	乾隆十八年（1753）举人，十九年（1754）考授中书，而后得中一甲二名进士	翰林院侍读学士	
吴省钦	冲之	白华	1729—1803	乾隆二十八年（1763）进士	左都御史	《白华初稿》
朱珪	石君	南厓，晚号盘陀老人	1731—1807	乾隆十三年（1748）进士	四库馆总阅、浙江学政、安徽巡抚、两广总督、兵部尚书、吏部尚书、户部尚书、协办大学士、国史馆正总裁、会典馆正总裁等，嘉庆间官至体仁阁大学士	《知足斋集》
嵇承谦	受之	晴轩	1732—1784	乾隆二十六年（1761）进士	翰林院编修、上书房行走、陕西学政、翰林院侍讲、侍读学士	《一枝集》《真庐集》《使轺集》《焦雨集》
曹文埴	近薇，一字竹虚	香山、直庐、荠原	1736—1798	乾隆二十五年（1760）进士	历刑、兵、工、户各部侍郎，官至户部尚书	《石鼓研斋文钞》
邵晋涵	与桐	二云，又号南江	1743—1796	乾隆三十六年（1771）进士	侍讲学士	《四库全书总目提要》《孟子述义》《穀梁正义》《尔雅正义》《南都事略》《輶轩日记》《南江诗文钞》等
洪亮吉	君直，一字稚存	北江，晚号更生居士	1746—1809	乾隆五十五年（1790）榜眼	编修	《春秋左传诂》《卷施阁集》《更生阁集》《北江诗话》等
徐如澍	洵南，一字春帆	雨芃、静然	1752—1833	乾隆四十年（1775）进士	会试同考官、鸿胪寺卿、通政使司副使等	参与纂修《清朝通志》《续通志》《续通典》《清朝通典》《清朝文献通考》，有《宝砚山房诗集》《文集》等

姓名	字	号	出生年月	仕进简况		成就及影响
戴联奎	紫垣	静生	1753—1822	乾隆四十年（1775）进士	官编修，主云南乡试。至道光年间，先后担任兵、礼、吏、户四部尚书	清朝汉人中官阶最高的一位
玉保	德符，一字阆峰		1759—1798	乾隆四十六年（1781）进士	兵部侍郎	《萝月轩存稿》
朱理	燮臣，一字文石	静斋	1761—1819	乾隆五十二年（1787）进士	刑部侍郎、江东及贵州巡抚、兵部侍郎、都察院右副都御史	参与编纂《石渠宝笈》
陈崇本	伯恭			乾隆四十年（1775）进士	宗人府府丞	
陈万青	远山	湘南		乾隆四十六年（1781）一甲二名进士	历任翰林院侍读、会试同考官、陕甘学政	参与纂修《清朝通志》《续通志》《清朝通典》《清朝文献通考》《续文献通考》等
缪晋	子和					善墨梅，间写松柏，亦古健
邵玉清	履洁	朗岩		乾隆四十九年（1784）一甲三名进士	国子监司业	
王大鹤	露仲，一字子野	啸立，一号羽仲		乾隆二十二年（1757）进士	少詹事，曾侍仁宗和成亲王读	《啸笠山房诗》《露仲诗文集》
吴树本	子贞、恭铭			乾隆三十六年（1771）庶吉士	乾隆六十年福建乡试主考官	
吴寿昌	泰交	蓉塘		乾隆三十四年（1769）进士	提督贵州学政，主讲稽山书院	《虚白斋稿》
张百龄	子颐	菊溪	？—1815	乾隆三十七年（1772）进士	历官山西学政、奉天府丞、两广总督、兵部尚书、刑部尚书、两江总督等	与法式善、铁保并称“三才子”。有《守意龛集》《除邪纪略》
郑际唐	大章	云门、子虞、须庵		乾隆三十四年（1769）进士	官至内阁学士、兼礼部侍郎	《传砚斋诗稿》《须庵遗集》《云门随录诗》

一一、递藏情况梗概

该册诗札墨稿流经二百五十余年，其间经多人珍藏，虽然依然保留其全品相之品质，但递藏人物多已不可考，除有几帧钤有『子茗』『春和园』『人境庐』『瓯钵罗室』印之外，限于才疏学浅，见识有限，均不得其详，盖有祈于方家教正。

除徐立刚《嘉庆图》题诗外，其他四大册递藏情况如下：

一、春和园

尹嘉铨、英廉、钱载、顾光旭、董诰、陆恭、冯啸（春和园印）、叶绍本、永忠、顾鹤庆、奚冈、张问陶、孙尔凖、翁方纲、桂馥、陈曼生、『弟临草』

二、刘墉（人境庐印）、孙星衍、吴锡麒、江昱、顾炎武、张问陶（瓯钵罗室印）、熊方受、吴荣光、吴鼒、石韫玉、赵怀玉、伊秉绶、汪午、朱桓、汪端光、周升桓（人境庐印）、王铎（子茗印）、傅山、尤侗、黄云、阮晋林

三、陈崇本、张廷济、成亲王（永瑆）、梁同书、曹秀先、汪由敦、方熏、王节、苏廷煜、顾莼、顾尊、张问陶、鲍桂星

四、法式善

任承恩、祝堃、沈飏、姚思勤、汪学金、陈文述、何道生、庆桂、江藩、谢振定、蒋攸铦、洪饴孙、陈希濂、汪学金、何元烺、裕瑞、黄金、汪启淑、奚冈、李遇孙

第一辑 明遗民学人诗稿

一、七位明遗民学人的三种人生态度

这一辑收集有明末清初七位明遗民的诗稿。除阮晋林生平不可考外，其他六人恰好代表明亡后整个知识分子即『士』这一阶层的三种态度。

第一种以王铎为代表，面对朱明王朝的倾覆和势不可挡的八旗铁骑的汹涌之势，选择与新的统治者合作的态度。在历史剧烈嬗变之际，选择殉节者有之，而选择『识时务者』更有之。一时豪杰之士如赵之龙、钱谦益、吴伟业、周亮工、龚鼎孳诸人均易帜新主人，对民心之流向影响巨大。但对士人的名节之沦丧，终究是一种心灵的折磨。吴伟业临死嘱『死后敛以僧装』『勿起祠堂，勿乞铭』（《清史稿·文苑一》），或许就是这种心情的写照吧！王铎当然为更著名的代表人物，他不仅官运亨通，而且诗书画俱佳，为时人所重。

第二种态度是起初把生死置之度外，抗击清朝军队南下，失败后隐逸民间，讲学著书，甚至出家为僧以保『士』不仕二主名节，这以傅山、顾炎武为代表。二人均被征召应『鸿博』，均以死拒之。如顾炎武称赞傅山等诗云：『关西有二士，立志粗可称。』而自己则是『嗟我性难驯，穷老弥刚棱』。『或有金马客，问余可共登？

上 王铎像
中下 王铎墨迹

右一 傅山像
右二 傅山墨迹。图片来源：《霜红龛集》傅青主先生年谱。
右三 尤侗像
右四 尤侗墨迹

为言顾彦先，惟办刀与绳！』不论是『金马客』，还是通过他的外孙徐乾学来要他应『鸿博』，他早就准备好了绳子和刀，以了此生。洪亮吉《北江诗话》说顾炎武的诗有『金石气』应该就是这种『苍龙日暮』『老树春深』的悲怆雄阔的境界吧！

第三种态度就是亲见腐朽黑暗的朱明王朝的一个又一个起事之王的惨败，对『复明』越来越绝望，接受现实是无法回避的。这可以以尤侗为代表。《清史稿·文苑一》对尤侗的描述可见一斑：『侗天才富赡，诗文多新警之思，杂以谐谑，每一篇出，传诵遍人口。康熙十八年，试鸿博列二等，授检讨，与修明史。居三年告归。圣祖南巡至苏州，侗献诗颂。上嘉焉，赐御书「鹤栖堂」额，迁侍讲。』『天下羡其荣遇』。可见世风已变，也因此成就了一代卓越文学家，为中国文学史留下了一笔丰厚的财富。

据吴梅先生研究，尤侗杂剧有五本：《读离骚》《吊琵琶》《桃花源》《黑白卫》《清平调》。吴梅说：『曲至西堂，又别具一变相。其运笔之奥而劲也，使事之典而巧也，下语之艳媚而油油动人也，置之案头，竟可作一部异书读。如《读离骚》之结局，以宋玉招魂，《吊琵琶》之结局，以文姬上冢，此等结构，已超轶前矣。至其曲词，正如姗姗仙骨。』（吴梅《词曲论著四种》，商务印书馆，2010年，第191—198页）

江山易主，文人墨客依旧各行其事。或许有了新朝代的欣欣

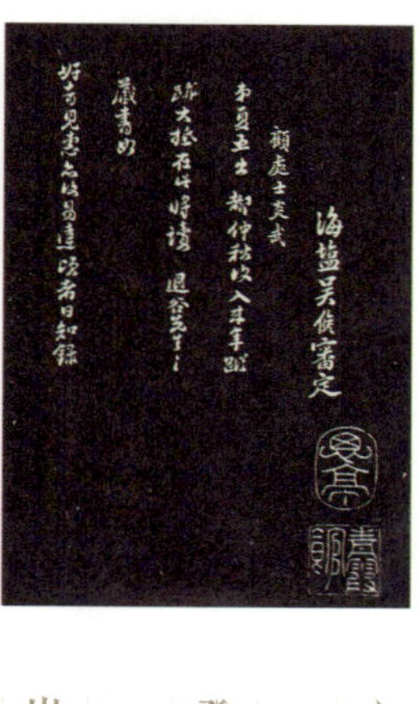

右 顾炎武墨迹。图片来源：《清代名人尺牍》，山西人民出版社，2003年，26页。

左 顾炎武像。图片来源：《顾炎武全集》，上海古籍出版社，2011年。

向荣、社会安定，保证了尤侗的戏剧创作，从而在文学史上催生了几朵最璀璨的奇葩。

尤侗此册里的这首诗，与其名篇『鹧鸪声里夕阳西，陌上征人首尽低。遍地关山行不得，为谁辛苦尽情啼』（《闻鹧鸪》）的绵邈深沉，意蕴含蓄相比，以宁静安闲的水墨画的境界，把平凡生活的场景描绘得诗意盎然，确如康熙大帝所誉『真才子』也！

二、清初明遗民知识分子群体代表之顾炎武、傅山、黄云、王节

每每为后人敬仰的是那些为信仰而践行蹈义的人，如顾炎武、傅山、黄云、王节等，此处这几件墨迹，大致勾划出了那个时代的南北一大群明遗民知识分子进入清朝后的心理状态和人生取向。

据宣统三年（1911）刊刻由丁宝铨所辑《傅先生年谱》记载，康熙二年（1663）癸卯，傅山57岁，四月至辉县访孙奇逢，同年顾炎武访先生于松庄，并与之有五律一章二人依韵唱和，山阳阎百诗来松庄与先生论学。康熙三年（1664）甲辰，五十八岁，李因笃与先生饮于阳曲崇善寺。康熙七年（1668）戊申，六十二岁，戴本孝至太原来访先生。康熙十年（1671）辛亥，六十五岁，沛县阎古古访先生于松庄，并于九月九日与阎古古、潘次耕『觞古古于崇善寺』。康熙十三年（1674）甲寅，六十八岁，『是年顾宁人有寄先生土堂山中诗』。在康熙十八年（1679）己未，七十三岁抱着病躯被逼着赴京应举荐，至京师三十里外死

田家英生前一直在找顾炎武的手札，终生未遇。图片来源：《田家英与小莽苍苍斋》封面，生活·读书·新知三联书店，2011年。

拒不入城，乃以其老放还并仍『恩赐以官』。先生名声大振，清朝官员对其青眼相待。先生且『游淮安经月』；据载，求诗求字『门限几断，又数为淮民脱冤』。大有神话之嫌！

但交往、论诗的事实是确凿无疑的。如《夏峰先生年谱》载：『太原傅青主山过夏峰为其母贞髦君求墓志，先生重其人，随手书与之。』清张穆编撰《顾亭林先生年谱》载此年顾去太原拜访傅山，第二年拜访孙奇逢。而傅山年谱只说傅访问孙奇逢而未言及为母求墓志，似编撰者为傅山讳。

引述上述诸人年谱所载其相互交往的史实目的是为了说明这样几个问题：

其一，清兵在南方节节大胜，朱明王朝已无望，南方思想精英纷纷北移，特别是以顾炎武为代表的思想与学界领袖，与北方思想和学界领袖的交游，开创了中国思想史上的新篇章。

其二，阎古古、潘次耕、戴本孝等人皆为明王朝危亡之际的反抗志士和先锋。戴本孝父亲戴重和潘次耕之兄潘柽章即为抗清而死。阎古古与阎百诗之父阎修龄（1617—1687）皆为淮扬之地抗清领袖，曾与顾炎武共谋抗清斗争，北徙以治学复兴文化大业，以保自身名节。他们诸多重要活动又都是以淮安为基地。

其三，傅山淮安之游如此受到追捧，原因应在于此地曾为南方江淮之间反清复明重镇。顾炎武前后多次赴淮安从事抗清斗争的筹划。

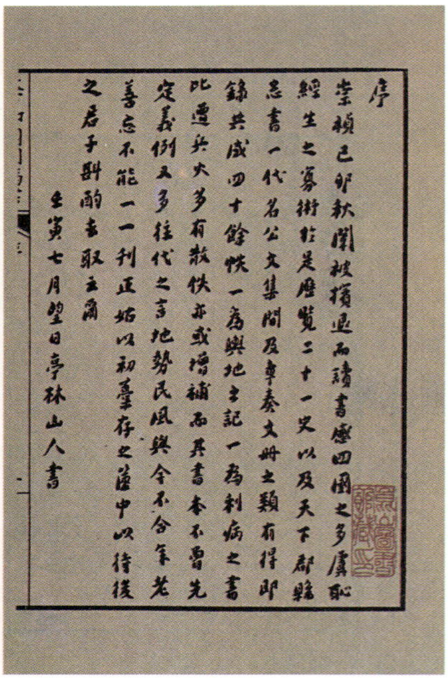
序
崇祯己卯秋闱被摈退而读书感四国之多虞耻经生之寡术于是历览二十一史以及天下郡县志书一代名公文集閒及章奏文册之类有得即录共成四十馀帙一为舆地之记一为利病之书比遭兵火多有散佚亦或增补而其书本不曾先定义例又多往代之言地势民风与今不合者若善忘不能一一刊正姑以初稿存之箧中以待后之君子斟酌去取云尔
壬寅七月望日亭林山人书

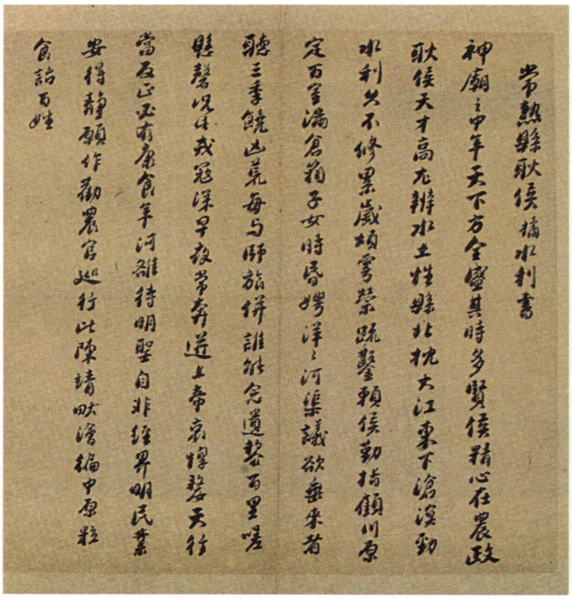
常熟县耿侯橘水利书
神庙之中年天下方全盛其时多贤侯精心在农政耿侯天才高尤辨水土性县北枕大江东下沧溟劲水利久不修累岁烦雩禜既凿犹侯勤指顾川原定百里溢仓箱子女时歌咏洋洋河渠议欲垂来者听三季既凶荒每与豚獾并谁能念遗黎百里嗟悬罄况作戎寇深早夜常奔迸上帝哀穷黎天行当反正有年河离特明圣自非经界明民业安得静愿作劝农官巡行比陈靖畎浍编中原粒食诒百姓

右《天下郡国利病书》书影。图片来源：《顾炎武全集》，上海古籍出版社，2011年。
左《顾炎武手迹（二）》。图片来源：《顾炎武全集》，上海古籍出版社，2011年。

此之时淮安是中国最发达的漕运中心，商贾云集，交通便利，离南京又最便捷，便于筹集军费，汇聚各界精英。

傅山年谱中所记述的上述诸事，都与淮安联系起来。而比墨迹中的诸人如傅山、黄云、王节、顾炎武，又都和反清复明斗争休戚相关。他们至少有三点相同：(一)斗争在明朝均为诸生、举人，家世躬耕读书，以圣贤相期许，以天下为己任。(二)在明朝危亡之际，愤起反抗。(三)不仅自己险遭牢狱之灾，并以死相救蒙冤的忠良和贤臣。(四)明亡后清兴，作为前朝精英，绝不仕清。

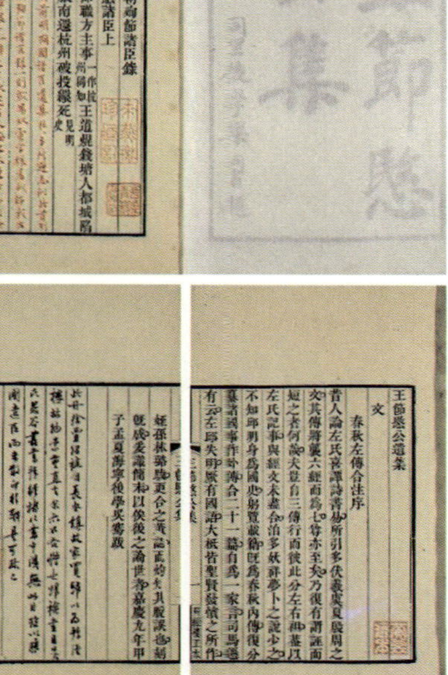

王节和黄云均因魏忠贤阉党残害左光斗、魏大中、周顺昌等人，直接或间接冒死相救而名垂九州。他们一在苏州，一在泰州。关于王节的记载不多，寥寥数语，言其工诗善画，构别业于雁宕古里，名小辋川，人以『摩诘后身』称之。生平尤尚气节。关于黄云，此人应是明清剧变之际，泰州举足轻重的人物。明亡清兴，多次被举荐应『鸿博』，力辞不就，过起了隐逸的生活。如其诗云：

『天地一邮传，百岁亦过客。踯躅古与今，劳劳事行役。生忧在富贵，死忧在竹帛。于中有逸民，遗世而独立。抱名逃空山，不愿入载籍。斯人苟不存，天地削颜色。』

此可谓这些明遗民而转成『逸民』的典型写照：傅山年谱里所载在康熙二年（1663）、三年（1664），这些南方抗清战线的精英纷纷北游，与北方学界领袖寄希望于精神上的独立和宏扬华夏儒学正统。因此，虽不愿『载籍』，但还是相信，『斯人苟不存，天地削颜色』，似乎精神上依然『安享』着丰富的财富。傅山写给孙奇逢的诗正是担心这位大儒隐迹村野，不问世事。千古圣贤之薪火岂可湮灭乎！顾炎武的《王官谷》也恰好是这种思想的写照。

关于黄云还有两件史实应该引起注意。

一是黄云与孔尚任《桃花扇》创作之关系。

康熙二十三年（1684）冬，因康熙帝到曲阜祭祀孔子而提拔其后人孔尚任为国子监博士，一年后孔尚任随工部侍郎孙在丰到淮扬治理黄河，由此接触到了明朝弘光皇帝当年遗事，写成了侯方域和李香君的故事。孔尚任到泰州最先访名士黄云，由黄云介绍又认识了冒襄。冒襄不仅是弘光朝的中枢，更是与《桃花扇》中的男女主人公原型为好友。据泰州志籍所载，孔尚任在泰州三年，多由黄云引领看了多出戏剧。黄云可谓为孔尚任的《桃花扇》提供了翔实的历史与社会史实以及戏曲演出的基础。

二是黄云与石涛相交二十年。这件事情表明，当时还有诸多明代的知识分子不愿仕清，逃到寺庙剃度为僧。清初四大名僧画家石涛、朱耷、弘仁、髡残均如是。有趣的是黄云和阮晋林的墨迹上款人古航，正是名垂一时的高僧。弘仁于清顺治四年（1647）皈依佛门，正是在武夷山入古航门下。古航为泉州江郑氏子，生于明万历十三年（1585），卒于清顺治十二年（1655），名道舟，字古航，曾随博山于天界寺开堂，博山圆寂后入闽至武夷山主法回龙。弘仁原名江日休，亦是徽州抗清义士，失败后逃到建阳武夷山，与汪蛟、吴霖等人一起皈依古航道舟禅师（《徽州府志》）。

想来当年古航及其弟子弘仁，加上黄云、石涛应有相会之时。

三、傅山、顾炎武、孙奇逢之交往

这里仅有傅山和顾炎武各一札诗稿，但却牵出清朝初年北方文化史上一段非常重要且不得不说的史实来。

傅山的这首诗虽无上款，但显然是写给孙奇逢的。

傅山墨迹

徵君夫子近何如？太白烟霞怅索居。昔去每窥南郡帐，年来谁授伏生书？无边黛色侵云卧，不尽溪光抱草庐。华发传经犹有待，蒹葭霜露一踌躇。

孙奇逢生于明万历十二年（1584），卒于清康熙十四年（1675），年九十有二。傅山生卒是1607—1684年，享年七十七岁，比孙奇逢小二十三岁，当傅山成年之时，孙奇逢早已是誉享九州的大思想家了。『同时海内大儒推先生与黄梨洲，南北相望，未曾识面。康熙癸丑，作诗寄梨洲，勉以蕺山薪传。』（《清儒学案》（一），中华书局，2008年，33页）

孙奇逢与傅山、顾炎武有大致相似的经历，面临国变，多次牵连牢狱之灾而得免，多次征召而不应。尤其是他，十次荐都选官，『亦婉辞不就。改革之际，名闻宇内，识与不识，皆曰徵君』（邓之诚撰《清诗纪事初编》（上），上海古籍出版社，1984年，140页）。

傅山与顾炎武相互交往，特别是顾炎武向傅山请教关于西北地域人文变迁问题，受益良多。这在顾炎武的书中多有记载。傅山对顾炎武也有非常高的评价。

傅山《霜红龛集》卷九『为李天生作十首』，其中一首云：

南山塞天地，不屑小峰峦。灌薄冥苍翠，神仙谢羽翰。心原滂浩绰，胆岂大江寒。何事亭林老，朝西拟筑坛。

宁人向山云：『今日文章之事，当推天生为宗主。』历叙司此任者至牧斋，牧死，而江南无人胜此矣。

傅山另一首诗也论述了与顾炎武的友情：

晤言宁人先生还林途中叹息有诗：

河山文物卷胡笳，落落黄尘载五车。方外不娴新世界，眼中偏认旧年家。乍惊白羽丹阳策，徐颔雕胡玉树花。

诗咏十朋江万里，搁吾伧笔似枯槎。（顾亭林先生诗笺注卷十一，《顾炎武全集》第22册，上海古籍出版社，2012年，356—357页。）

孙奇逢与顾炎武交契很深，他在一封《复顾宁人》的信中提到颜修来；同时明确表示不同意顾炎武的下述学术观点：『札中以章句、文辞、名教、器数若歉然，以为非道者，仆谓即章句、文辞、名教、器数以为道，则不可；舍章句、文辞、名教、器数以求道，则又不可也。』（《孙徵君日谱录存》卷二十八，《顾炎武全集》第22册，上海古籍出版社，2012年，418页。）顾炎武《赠孙徵君奇逢》诗云：『海内人师少，中原世运屯。微言垂旧学，懿德本先民。早岁多良友，同时尽诤臣。……明廷来尺一，空谷贲蒲轮。未改幽栖志，聊存不辱身。』『伏生终入汉，绮里只辞秦。自愧材能劣，深承意谊真。惟应从卜筑，长与讲堂邻。』（《顾炎武全集》第22册，437页。）对孙奇逢评价非常之高。

顾炎武《王官谷》诗稿中的上款人颜光敏（修来）其人与当时学界精英亦均有深交。颜光敏『送朱锡鬯之济南在抚军署』云：『携手河桥怅去尘，历山遥望柳条春。讼庭尚有南冠客，自注：时亭林以诏狱在济南。莫向燕台思故人。』（同上，371页。）

据《清史稿·文苑一》载颜光敏，曲阜人，颜子六十七世孙，康熙六年（1667）进士，官吏部郎中，因此有『颜修来吏部』称。不仅学问好，且『雅善鼓琴，精骑射蹋鞠』。可谓一代奇人。据顾炎武年谱载，顾炎武与颜光敏订交在康熙四年（1665），时顾五十三岁，颜二十六岁；二年后颜进士及第。朱彝尊《颜君墓志》说颜光敏诗名为『辇下十子之冠』。光敏光猷兄弟二人在山东甚有人缘。据顾炎武年谱所载，其于山东诏狱，多有求于颜光敏斡旋而得以获释。以当时顾炎武之情境非特别之势力介入，是难得脱身的。

由上述诗作与信札所揭示出来康熙早年时期，北方学界三大巨人的密切交往和相互之间的学术砥砺可谓学术史美谈，而顾炎武则把南方的『思想宝库』直接移之北方两座『高峰』嫁接，是一次值得历史浓笔重墨书写的奇遇。

释文

鹅群阁看新柳得山字限十韵

有客叩柴关，清言半日闲。
春觞传曲水，老友合香山。
时越知豹后，楼在柳浪间。
绿兮黄尚妥，风也雨仍攀。
濯濯思公子，珊珊学小蛮。
密将藏属玉，谏正露烟鬟。
百看春拈巧，黄庭鹅换还。
第愁吟杖返，岂为酒钱悭。
思逸何曾构，诗成不再删。
依依将别去，青眼还酡颜。

啸似

伯柴老甥削

朱文『春和园鉴藏』章。此为恭王府藏物，该印为恭王府二十四印之一。

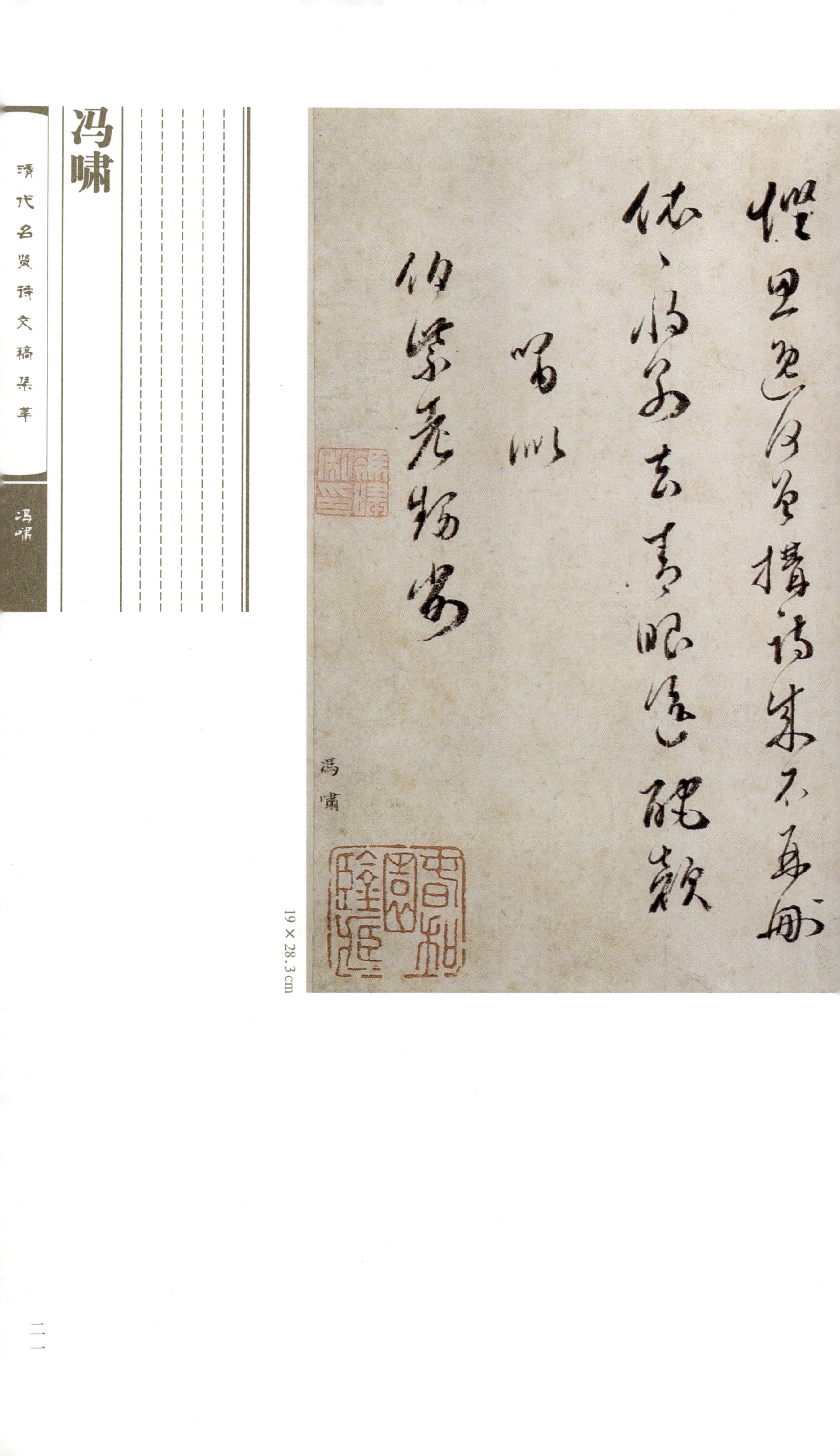

冯啸

馮嘯

19 × 28.3 cm

柳影含雲幕江波近酒壺
異方驚會面終宴惜征途
沙暖低風蝶天晴喜浴鳧
別離傷老大意緒日荒蕪
江亭送眉州辛別駕
王鐸

21.4×10.2cm

王铎

1592—1652

字觉斯、觉之，号十樵、嵩樵，又号痴庵、痴仙道人，别署烟潭渔叟，孟津（今河南孟津）人。明天启二年（1622）进士，授编修，官至礼部尚书、东阁大学士。明亡，与赵之龙、钱谦益等以南京城降清。入清，授礼部尚书，官至弘文院学士，加太子少保。卒谥文安。王铎博学好古，工诗文，善书，兼画山水梅竹。行草宗二王，正书出钟繇，流转自如，亦自有法度，世称『神笔王铎』。有《拟山园帖》《琅华馆帖》，名重当代，时谓『南董北王』。画山水宗荆、关，山水花木竹石皆用书中关钮。尝与戴明说书云：『画寂寂无余情，如倪云林一流，虽略有淡致，不免枯干；尪羸病夫，奄奄气息，即谓之轻秀，薄弱甚矣。大家弗然。』包慎伯《国朝书品》叙次有清一代书法家，分为神、妙、能、逸、佳五品，列王铎草书为能品（『逐迹寻源，思力交至』）下。因王铎入《清史稿·贰臣传》，清人对其评价受到一定影响，但王铎行草在书法史上有极其重要的位置。

释文

柳影含云幕，江波近酒壶。异方惊会面，终宴惜征途。
沙暖低风蝶，天晴喜浴凫。别离伤老大，意绪日荒芜。

江亭送眉州辛别驾　王铎

巨石水中央江寒出水長沉半
苍雲雨如馬戒舟航天意存傾
覆神功接混茫干戈連解纜
行止憶垂堂寰宇記夔州
灩澦堆在州之西蜀江中心瞿
唐峽口冬水淺出二十餘丈辛卯王鐸

21.4 × 10.2cm

释文

巨石水中央，江寒出水长。沉牛答云雨，如马戒舟航。

天意存倾覆，神功接混茫。干戈连斛缆，行止忆垂堂。

《寰宇记》：夔州滟滪堆在州之西，蜀江中心瞿唐峡口。

冬水浅，出二十余丈。　王铎　辛卯

此为费丹旭藏品。

此二首诗为王铎抄杜甫《江亭送眉州辛别驾升之（得芜字）》和《滟滪堆》。为费丹旭所藏，费丹旭（1802—1850），字子苕，号晓楼。其父费宗骞擅画山水，丹旭少时得家传，后于江浙闽山水间。书法宗恽寿平，一生为家计所累，卖画于上海、杭州、苏州一带。

書莫古於篆自程邈變篆爲隸而劉景升又變隸爲正遞傳
以至鍾王兼行與草雖去益遠顧後人宗之百世不祧爲古者
書契之作簡冊而已逮秦漢多勒石紀功而金石之文始盛然
鐘鼎石鼓業見於三代後世古法駸廢惟印章獨存舊觀穪巍
然魯靈光爾其法宗秦小篆以丞相斯爲開山漢甄豐考定六書
五曰繆篆所以備印記蓋斯事莫隆於嬴炎而爲六書所宗法也古
人於鐫篆一道殊不草草嘗聞始皇帝東巡其瑯琊碑爲斯手所
刻魏受禪碑亦出鍾太傅手夫以一代重臣宗匠而不惜躬自奏刀
豈秖爲雕蟲小技已哉又如戴逵自刻鄭玄碑世稱其文笔兩絕
唐李北海凡作佳書輒自鐫其云元着己刻伏靈芝刻黃寉仙刻
皆北海手自刻也以是知慧業文人重鐫刻以永其傳又如此豈

26.6×24.7cm

王节

（1599—1660）

字贞明，号惕斋，吴县（今江苏苏州）人。明崇祯十二年（1639）举人，顺治中任桃源县教谕。平生尤尚气节。周顺昌被捕，偕诸人面斥巡抚毛一鹭，以至入狱，魏忠贤败始得还。工山水，又工于诗。构别业于雁宕古里，名小辋川，人以『摩诘后身』称之。有《惕斋诗稿》。此文推重金石篆刻之于书法的重要性，并介绍钱谦益族人钱均历的篆刻艺术，认为其治印『古法毕备，神明焕然』，与明代篆刻家文彭、何震相比，毫不逊色。

山先生之族叔覺嗜古癖尤留神於六書其於繪圖青字龍畫
螺文鼎不窮搜博覽於是試之金石摹秦漢印章輙登峰造極
雖吾鄉文壽承眉山何主臣皆與抗行矣至于攻玉而璨璨為璨為瑑
使諸公而在未免閣筆而均曆兼之如捉昆吾刀切玉如泥能使古
法畢備神明煥然則錢子實擅絕技如火齊木難世所共寶豈
藉余言為羔鴈哉
癸巳夏日年家社弟王節拜題

26.6 × 24.7 cm

释文

书莫古于篆。自程邈变篆为隶，而刘景升又变隶为正，递传以至钟王，兼行与草，虽去益远，顾后人宗之，百世不祧焉。古者书契之作，简册而已。逮秦汉多勒石纪功，而金石之文始盛。然钟鼎石鼓，业见于三代，后世古法骎废，惟印章独存旧观，称巍然鲁灵光尔。其法宗秦小篆，以丞相斯为开山。汉甄丰考定六书，五曰缪篆，所以备印记。盖斯事莫隆于嬴炎，而为六书所宗法也。古人于镌篆一道，殊不草草。尝闻始皇帝东巡，其琅琊碑为斯手所刻；魏受禅碑亦出钟太傅手。夫以一代重臣宗匠，而不惜躬自奏刀，岂视为雕虫小技已哉？又如戴逵自刻郑玄碑，世称其文器两绝。唐李北海凡作佳书，辄自镌其云：元省已刻，伏灵芝刻，黄鹤仙刻——皆北海手自刻也。以是知慧业文人重镌刻以永其传又如此，岂庸工伧父所庶几耶？钱均历年翁，粥粥不胜衣，读书能文，为虞山先生之族，夙负嗜古癖，尤留神于六书。其于绿图青字，龙画螺文，靡不穷搜博览，于是试之金石，摹秦汉印章，辄登峰造极。虽吾乡文寿承、眉山何主臣，皆与抗行矣。至于攻玉而（璃）为璃为瑑，使诸公而在，未免阁笔，而均历兼之，如捉昆吾刀，切玉如泥。能使古法毕备，神明焕然，则钱子实擅绝技，如火齐木难，世所共宝，岂藉余言为羔雁哉。

癸巳夏日年家社弟王节拜题

此文可视为金石之为书法正宗源流之不更之论，并以李斯、北海之自镌其书于石为证，缪篆之为书法之主源，信也。其理论之主张，开邓石如、康有为理论之先导。

徵君夫子近何如太白惆悵
慎索居昔是安窮南郡帳
年來誰校伏生書無邊岱

22.2×12cm

傅山

（1607—1684）

初名鼎臣，字青竹，改字青主，别署公之佗，又有石道人、丹崖子、浊堂老人、老蘖禅、真山、龙池道人等别名，明末清初山西阳曲（今太原）人。明末诸生。明亡为道士，隐居土室养母。康熙中举鸿博，屡辞不得免，至京，称老病，不试而归。顾炎武极服其志节。其于学无所不通，诗书画兼善，又长于医学。有《霜红龛集》等。傅山认为『书宁拙毋巧，宁丑毋媚，宁支离毋轻滑，宁真率毋安排』，其书法美学思想对清代以及当代的书法审美产生了深远的影响。

22.2×12cm

释文

徵君夫子近何如？太白烟霞帐索居。昔去每窥南郡帐，年来谁授伏生书？无边黛色侵云卧，不尽溪光抱草庐。华发传经犹有待，蒹葭霜露一踌躇。

傅山《徵君夫子近何如》小笺

傅山这首写给孙奇逢的诗，是在遇国变之后，当时他在直隶容城（今河北徐水县）故居宅地被划入八旗领地，而不得不往他处谋生。友朋赠夏峰荒地供其居住。晚年又被人诬陷赴案质对，因年老得免，从此闭门不出，因之称为『夏峰』先生。傅山之诗应写于这一时期。

何以『徵君』之谓指孙奇逢？

在傅山年谱中多次出现『杜徵君紫峰』等，顾炎武诗文集中也出现『王徵君』某某，可见『徵君』在那时应是明遗民颇得意和甚让学界仰慕之称谓，即给官不做，前期读书为做官，而于新朝坚拒之，以成其气节。此诗中『徵君』是指孙奇逢确凿无疑。

其一，关于『太白烟霞』：

《夏峰先生集》孙奇峰自述云：在苏门避暑，『隐君已先结庐于百泉之上，予尝以「烟霞逸客」四字额其庐，隐君即以此馆为同人游憩之所』（《夏峰先生集》，中华书局，2012年，324页）。

傅山巧妙地借用李白《梦游天姥吟留别》句『惟觉时之枕席，失向来之烟霞』，一语双关，说明不可因清闲而错失伏生授书之大任。傅山年谱说傅山即去百泉拜望孙奇逢，或许即住在『烟霞逸客』。史上辉县苏门山下之夏峰村，紧靠名泉百泉，山清水秀，地僻清幽。『烟霞』之称不虚也。

其二，『昔去每窥南郡帐，年来谁授伏生书？』上句指三国时期，吴蜀共谋荆州，周瑜运筹帷幄而取胜，借此指天启三年（1623）面对清兵的威胁，孙奇逢为保卫容城，『约同志，练乡勇』。崇祯九年（1636）七月『清兵攻城不下，守容城保全』。

下句指西汉初年，朝廷诏令献书，有伏生献《尚书》，而年老九十余不能授，汉文帝时派晁错前往学习，使今文《尚书》得以传递绵延。傅山的意思是汝等一代大儒安于日出日落而于草庐溪绕安享年华，怎向『华发』期许者交待。当时可称为『伏生』的大儒，唯傅山、顾炎武、黄宗羲可担当此称，而这四人中可称『徵君』的唯有傅山和孙奇逢，但所述行状唯契合于孙奇逢。

顾炎武赠给孙奇逢的诗亦有类似的称谓，在《赠孙徵君奇逢》中说：『伏生终入汉，绮里只辞秦。』也是以伏生比况孙奇逢的学术影响力和在清初传述经学的历史重任。

其三，最后一句引用《诗经・国风・秦风・蒹葭》句，原意是一个思恋情人的场景，置于秋苇苍苍、霜浓雾重的茫茫水边，伊人视之如在眼前，近之却无从去路，踟蹰徘徊一无所得。大意是这么多青年才俊等着沐浴您的智慧雨露，您且不可如《蒹葭》篇中的那位求索者在飘渺的踟蹰中空耗时光。

拜访者此时所见之孙奇逢，居于山清水幽、安乐祥和的环境中而对传业大任或许颇为懈怠，因而多为鼓动。傅山此处用《蒹葭》之意对应孙奇逢《送王伯生北归》句『蒹葭坏伊人，一见欣清樾』（《夏峰先生集》，中华书局，2012年，423页）。且夏峰自己也有诗为证。《与友人读五柳先生》云：『我最爱陶公，门前少五柳。东篱既无菊，性亦不嗜酒。独此贫担当，腰不折五斗。陶公如见我，应与同携手。养菊柳成行，不知能乐否？』（《夏峰先生集》，中华书局，2012年，414页）

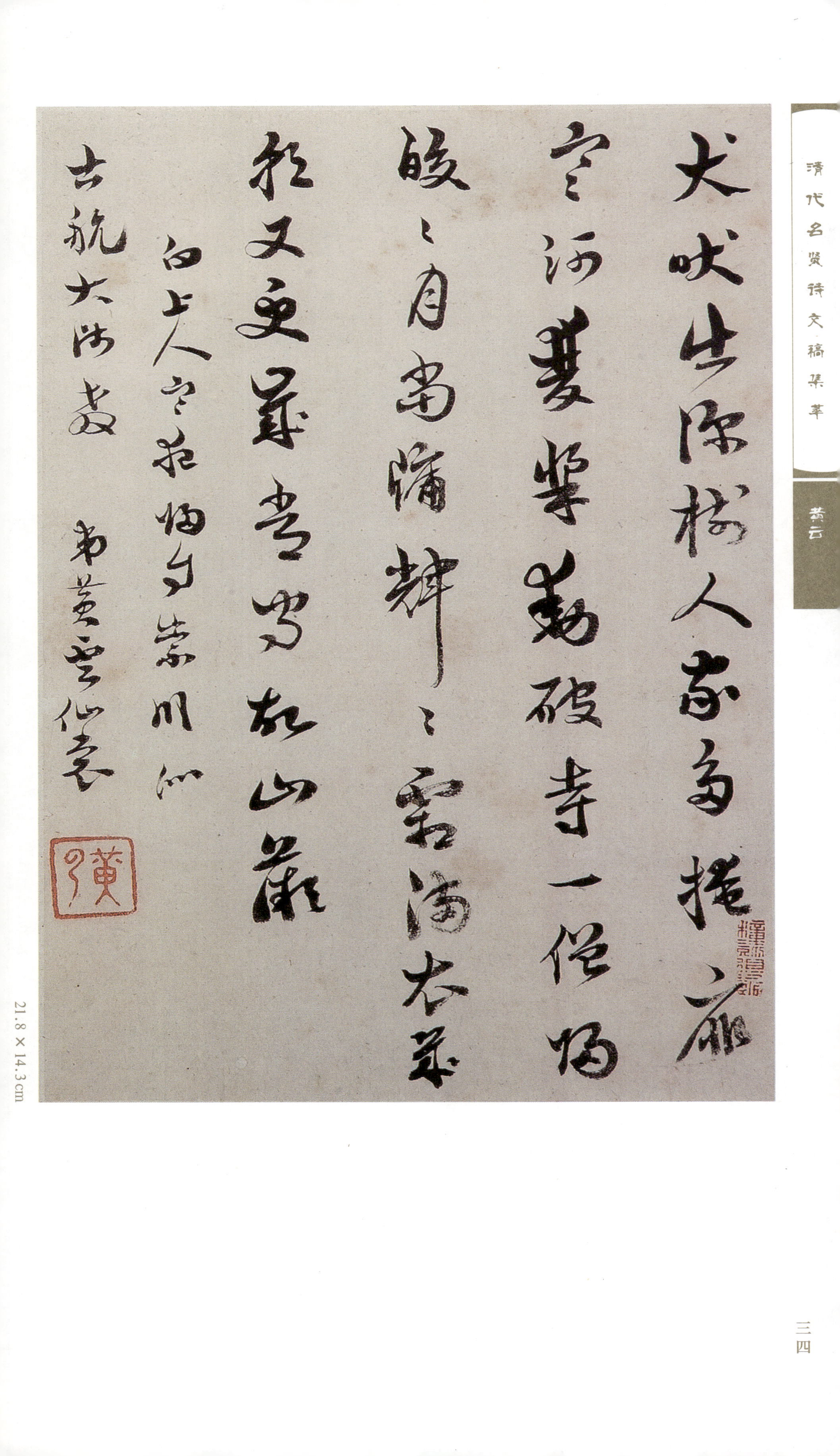

21.8×14.3cm

黄云

（1612—1691）

字仙裳，号旧樵，江南泰州人。明末诸生。少时受泰州知州桐乡人陈素器重，后陈素受枉下狱破家，黄云售田得金，尽以赠之。明亡，弃举子业，与冒襄同拒『鸿博』之试，以樵者自居，潜往哭祭孝陵，士林高之。能诗善书，名驰东南文苑，常与杜浚、邓汉仪、吴嘉纪、冒辟疆、孔尚任等往还酬唱。有《桐引楼集》《悠然堂集》。此为赠友人写景诗。

释文

犬吠出深树，人家多掩扉。寒河双桨动，破寺一僧归。
皎皎月当牖，辉辉霜满衣。几朝又更岁，常守故山薇。

白上人寒夜归自崇川似

古航大师教　　弟黄云仙裳

一磬聲隨黄葉落孤
蹤時與白雲眠
此二句意似劉禹錫又似韋應物
或是余舊作書贈
古航道兄一笑 阮晉林

21.8×14cm

阮晋林

释文

一磬寿随黄叶冷，孤踪时与白云眠。

此二句宛似刘禹锡，又似韦应物，或是余旧作，书赠古航道兄一笑

阮晋林

此为明末清初人阮晋林书赠古航禅师。

王官谷

士有負盛名卒以虧大節咎在見事遲不能自引決所以貴知幾介石稱貞潔唐至僖昭時干戈滿天闕賢人雖發憤無計匡杌隉邈矣司空君保身類明哲放逐歸山阿閑門卧積雪視彼六臣流恥與冠裳列遺像在山厓清風動巖穴堂前一畝深壁樹千尋絕不復見斯人有懷徒鬱切

舊作書呈

修來社翁郢政

弟炎武未定草

24.2×17.7cm

释文

王官谷

士有负盛名，卒以亏大节。咎在见事迟，不能自引决。所以贵知己，介石称贞洁。唐至僖昭时，干戈满天阙。贤人虽发愤，无计匡杌陧。邈矣司空君，保身类明哲。放逐归山阿，闭门卧积雪。视彼六臣流，耻与冠裳列。遗像在山崖，清风动岩穴。堂茆一亩深，壁树千寻绝。不复见斯人，有怀徒郁切。

旧作书呈

修来社翁　郢政

弟炎武未定草

顾炎武

（1613—1682）

初名顾绛，字宁人，号亭林，自署蒋山佣，江苏昆山人。明诸生。入清不仕，改名炎武。明末清初著名学者、思想家，与王夫之、黄宗羲并称为『清初三大家』。顾炎武性耿介，与同乡归庄有『归奇顾怪』之号。青年时『感四国之多虞，耻经生之寡术』，发愤为经世致用之学，并参加『复社』。及清兵南下，与归庄共同起兵抗清。明亡，炎武十谒明陵，遍游华北，载书自随。所至辄垦田度地，结交同道，不忘复明。又访问风俗，搜集材料，尤致力于边防与西北地理之研究。康熙时举鸿博，荐修明史，均不就。晚年卜居华阴，卒于曲沃。其学主博学有耻，敛华就贵，于国家典制、郡邑掌故、天文仪象、河漕、兵农之属均有研究。晚年益笃志六经，精研考证，开清代朴学之风。平生所著极博，有《日知录》《天下郡国利病书》《肇域志》《二十一史年表》《音学五书》《亭林诗文集》等。王官谷为晚唐诗人司空图隐居之地。后梁开平二年（908），唐哀帝被弑，司空图绝食而死。顾炎武在《王官谷》中借歌咏司空图，表现了自己的遗民情怀。

顾炎武《王官谷》诗小笺

顾炎武的这首《王官谷》抄与颜修来（光敏），明确地向颜光敏表达了他的政治立场。此诗作于先生初晤颜修来之前两年（1663）。颜修来亦非常之人。陈康祺《郎潜纪闻四笔》说颜当时诗名为『辇下十子之冠』（周可真《顾炎武年谱》，苏州大学出版社，302、323页）。

此处墨稿与王蘧常等辑校注《顾亭林诗集汇注》和《顾炎武全集》所载此诗有如下不同：一、王蘧常辑注本为『唐至昭宗时』。据曲阜颜氏家藏顾炎武手札，『唐至僖昭时』正确。（《顾炎武全集》第22册，2012年，364页；《顾亭林诗集汇注》下册，2006年，840—841页。二书均由上海古籍出版社出版。）

二、二书『放逐归山阿，闭门卧积雪』均为『坠笏洛阳墀，归来卧积雪』，从全篇来看，此二句更符合顾炎武的题意，『放逐』之表达司空图的归隐，远较『坠笏』而『归来』逊色。据此可认定，此非最后定稿。

《顾炎武全集》（21卷）注明颜修来与顾炎武之札均『录自《海仙馆丛书》本《颜氏家藏尺牍》卷二』30余封信札，主要是学术交流，重要的是特别写到济南诬陷案，多有向颜修来说明原委并请斡旋之内容。

《王官谷》这首诗在顾炎武的诗作中占有特殊地位。这可以从他选择司空图的隐逸之地和司空图所处的唐王朝飘摇之境遇与他置身明清剧变之际的处境相对应的描述，全面地剖析顾炎武自身的处身立命的立场及人生态度。这首诗表面上虽然是以司空图为主角，实际是以叙述司空图的遭遇，表达自己的『博学于文』、『行己有耻』的生命哲学。

首六句『士有负盛名，卒以亏大节。咎在见事迟，不能自引决。所以贵知几，介石称贞洁。』盛名之下，其实难副，处衰季之朝，常以负世之名而移天下之风气。那更加有辱于士之气节。难处在于不是事事都可预料，也不能事事都可以自行其是。世事之变远远超越于个人的意志之上。所以能够把握的，也便是顺时势之势动。『介石称贞洁』，引用《易经·彖传》：『一刚应五柔而志于上行，顺理而运动。』豫卦的六二爻辞：『介于石，不终日，贞吉。』即是说，个人置身剧烈时世潮流之变，能够顺应时变而又不失名节，已经是非常之难的了。没有人是历史的预言家。此可视为第一段。

『唐至僖昭时，干戈满天阙。贤人虽发愤，无计匡机陧。邈矣司空君，保身类明哲。坠笏雒阳墀，归来卧积雪。』（此处依据王汇注本和全集本）这一段是写司空图在昭宗继位之时唐王朝已处于风雨飘摇中，黄巢起义军势不可挡，而各藩镇拥兵自立，朝廷四周烽烟四起而唐王朝的朝廷成了军阀们的玩物。贤人虽奋发图强，终是书生秀才而无力匡扶社稷。聪明司空君，安身保命，装戎拿不稳朝笏的病躯，跌倒在洛阳的官衙台阶上，得以回到他的祖居地踏雪。此为第二段，叙述司空图在动乱之际，不愿与朱温等篡权者为伍，明哲保身。顾炎武给予了极大的同情。

『视彼六臣流，耻与冠裳列。遗像在山厓，清风动岩穴。』这一段写司空图不是投机，也非贪生怕死，而是有鲜明的政治立场。绝对不会跟那昨天还侍奉唐廷而今天又侍奉朱温升殿的六位大臣张文蔚、苏循、杨涉、张策、薛贻矩、赵光逢为伍。他漫步于山水之间，与王官谷祖居地高僧饮酒唱和，当朱全忠称帝征召他为礼部尚书，不仅坚辞更感到羞辱，绝食七日而死。作者来到王官谷，依然感受到司空表圣在山崖之英魂，舞动清风吹响岩穴。此为第三段。

最后一段：『堂茆一亩深，壁树千寻绝。不复见斯人，有怀徒郁切。』睹物思人，物是人非。简朴的茅屋、一亩进深，四周是千寻的古木和悬崖，俨然隐逸世外的好去处。可于今之世像司空君这样的人何处得以相见，空有悲怆抑郁而已。此段，是顾炎武写自己的感受。

顾炎武《王官谷》以司空图的名节和特定的历史境况比况自身的遭遇，是写司空图，更是写顾炎武自己。所不同的是顾炎武不仕清朝为官，而隐遁于他的『王官谷』，有他的宏大追求，即这个『王官谷』是他以民间知识分子以天下为己任的宏愿，通过他的《肇域志》《日知录》《天下郡国利病书》等来实现的。在我看来，顾炎武是古代知识分子以民间立场实践『博学于文，行己有耻』而达到最高境界的典范。

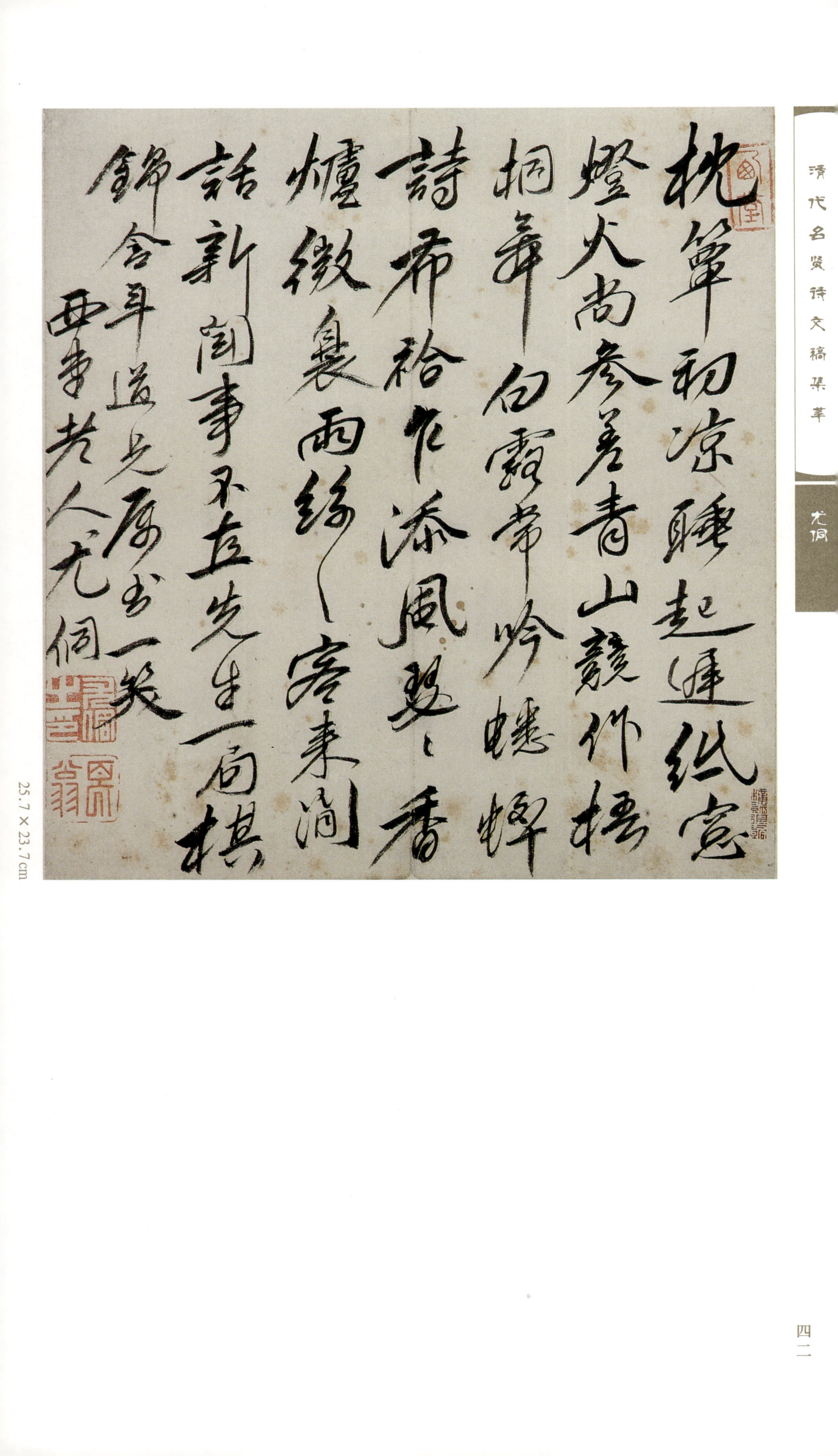

25.7×23.7cm

尤侗（1618–1704）

字同人，一字展成，号悔庵，晚号艮斋，西堂老人，苏州府长洲（今苏州）人。明末清初著名诗人、戏曲家，曾被顺治誉为『真才子』，康熙誉为『老名士』。康熙十八年（1679）举博学鸿词科，授检讨，与修《明史》，后辞归。尤侗诗词古文均有声于时，有《西堂杂组》《艮斋杂说》《鹤栖堂文集》及传奇《钧天乐》、杂剧《读离骚》《吊琵琶》等。此为尤侗赠友人诗。

释文

枕簟初凉睡起迟，纸窗灯火尚参差。青山竞作梧桐舞，
白露常吟蟋蟀诗。布袷乍添风瑟瑟，香炉微袅雨丝丝。
客来闲话新闻事，不直先生一局棋。
锦含年道兄属书一笑
西堂老人尤侗

第二辑

乾嘉时期名宦硕儒诗稿

如果从数量上看，乾嘉时期可能是中国诗歌史上创作诗数量最多的时代。几组数字即可见一斑。卢见曾于乾隆二十三年辑刊《国朝山右诗抄》六十卷，得人六百二十余家，收诗五千九百多首，附见诗一百二十首；阮元《两浙輶轩录》四十卷得人三千一百三十三家，收诗九千二百四十多首。王昶《湖海诗传》四十六卷，得六百余家。铁保、法式善主编的《熙朝雅颂集》收八旗诗人五百三十家，诗作六千余首。由于乾隆朝科举恢复试帖诗，作诗之『范本』纷纷问世，如吴锡麒《有正味斋诗》、法式善《存素堂试律》、王芑孙《芳草堂试律》、何元烺《方雪斋试律》、何道生《双藤书屋诗》等等。

何以会有如此整个官僚社会之『风雅』？

根本在于这时有一位特爱诗之『风雅』的皇帝乾隆。他为沈德潜的《归愚集》写的序表明了他『迷』诗的状况：『德潜老矣，怜其晚达而受知者，唯是诗。余虽不欲以诗鸣，然于诗也，好之习之，悦性情以寄之』。这么一『好之习

上 吴锡麒墨迹
中 何道生墨迹
下 何元烺墨迹

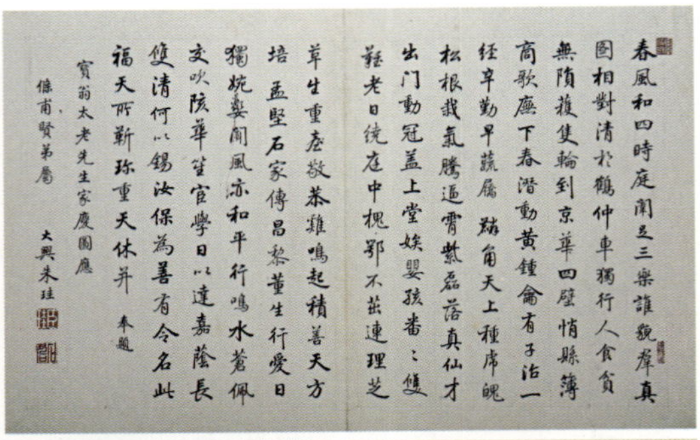

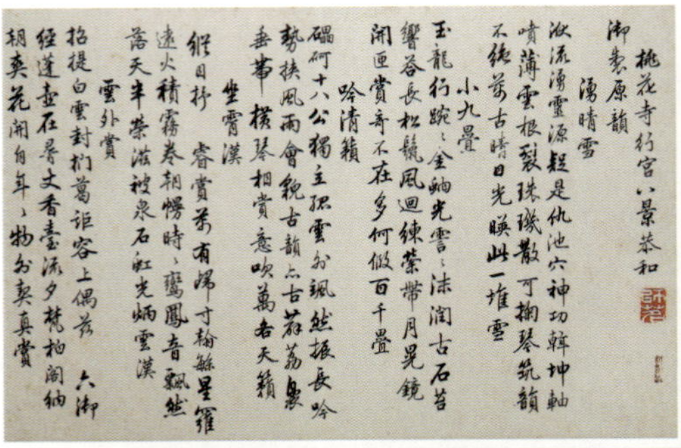

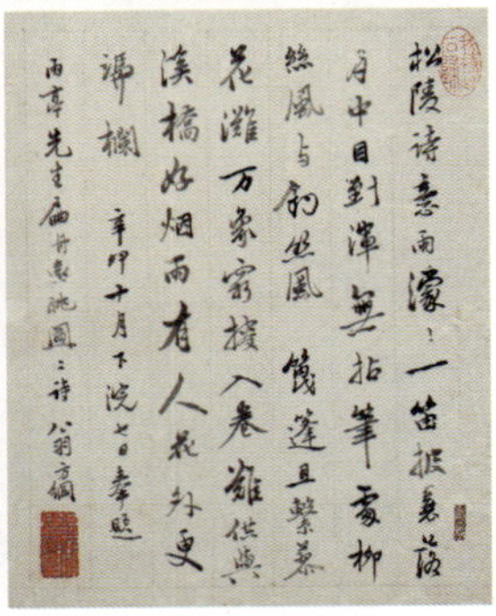

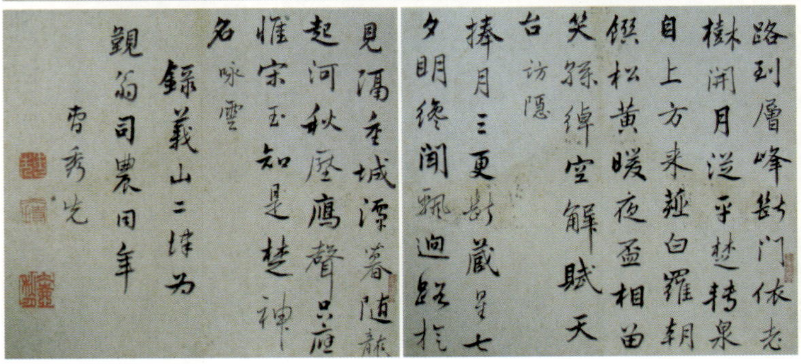

右上 朱珪墨迹
左上 汪由敦墨迹
右下 翁方纲墨迹
左下 曹秀先墨迹

之』便作了四万多首，难怪天下风行之！

于是，上行下效，争讨帝王之宠。文学侍从、乡会试考官、学政、封疆大吏、举子生员无不习诗。诗人群体与官宦合一，学者、诗人、官员三位一体。

我们这儿收集的诗稿，便是乾嘉盛世这一诗风极盛一时的历史见证。

一、名宦贤臣诗稿

除第一辑七人之外，余下75人，巡抚以上官员有20人，足以表明乾嘉之际官员政客之风雅化的程度，更为重要的是他们多有善政。

汪由敦、英廉、曹秀先、翁方纲、朱珪等人，皆位居中枢，嗜好招饮作诗，以推风雅之习。汪由敦是乾隆时期重臣，雍正二年进士，因擅长文学经史论被招入翰林院庶常馆深造：文章典重有体，以才学著称，为人低调，行事谨慎，是乾隆倚重的要臣。书法力追晋唐。去世后，乾隆命集其书为《时晴斋帖》十卷勒石内廷。

朱珪、朱筠兄弟名重一时。朱筠制《说文》在学术史有重要影响，其《说文四端》即部分、字体、声音、训诂，为六书研究指示途径。朱珪从政初年即以文学受知，后在多地为官，善举一时传为佳话，如官安徽巡抚之时，皖北水灾，驰驿往赈，与村民同舟渡，宿州、泗州、砀山、灵璧等处，民无流亡。至嘉庆朝，因曾为帝师，更为朝廷倚重。曹秀先先后历工、户、吏三部右侍郎。乾隆三十六年晋礼部尚书，充《四库全书》馆总裁。为官清廉，并用自己的俸禄为家乡置义田，兴办义学，兴修水利，并获御赐『秩宗衎泽』；同时勤于著述。翁方纲官运亨通，甚受乾隆宠爱，他『迭司文柄，英才硕彦，识拔无遗』。曹文埴历官刑、兵、工、户诸部侍郎，后擢户部尚书。为官持正，不附权臣和珅，以母老引退。其子曹振镛也历任三朝工部尚书，且多有佳绩。孙尔準、吴荣光、陈希濂皆为封疆大吏，且政绩有著于时。特别是孙尔準担任闽浙总督期间，治理福建尤其是处理台湾事务政绩突出。

特别值得注意的是：这里的几件清廷贵胄的诗稿，尹继善之子庆桂、乾隆十一子永瑆、铁保之弟玉保，豫亲王多铎后裔辅国公裕瑞、崇恩，辅国将军永忠，皆有诗集遗世。从庆桂与袁枚的唱酬和诗中，可见袁枚与尹继善、庆桂两代人的深厚交情。永瑆、玉保、裕瑞、崇恩、永忠的诗也丝毫不逊色于汉吏文臣的应景之作的水平，从一个重要层面揭示了介于宫廷和士子阶层之间的『朱邸』诗人群体的风貌，充分表明乾嘉之际从皇亲贵胄到普通官吏

上 袁枚楷书七言律诗轴。图片来源：《小莽苍苍斋藏清代学者法书选集》，文物出版社，1995年

下 庆桂墨迹

的普遍风雅化之追求。

英廉、钱载、尹嘉铨不仅为官政绩突出，特别是钱载为官三十年，官至二品，致仕休养还靠卖画为生。三人数札唱酬之作殊属难得。一方面见证了三个高官的愉乐生活的风雅，另一方面也由这些唱酬表明三人运用汉语言文字高超的声韵和文字功底，特别是经历了尹嘉铨为父请谥从祀之有清一代最为特殊的大案，还得以留存如此之完善。（详后文）

汪由敦、汪启淑二人官位相差虽然甚大，但二人均为乾隆时期的一流人物。汪由敦深受乾隆帝宠爱，而汪启淑对藏书、特别是对篆刻金石学贡献甚大，其墨稿真迹亦为藏家追捧。

上 汪启淑墨迹

下 张问陶墨迹

二、学人硕儒诗稿

此处学人称谓稍微宽泛一些，涵盖学者、诗人、画家。

在文学史上有重大影响者有钱载作为继朱竹垞之后的秀水派领袖，被钱钟书称之为以『学问为诗』从而达到泛滥地步的弄潮儿。翁方纲是『肌理说』倡导人，纵横乾嘉盛世数十年，那个时代罕有不受他的影响者。张问陶与赵翼、袁枚合称『乾嘉性灵派三大家』，其诗创作在清代文学史上可誉为最杰出的诗人之一。石韫玉，

上一 陆恭墨迹
上二 奚冈墨迹
上三 陈曼生墨迹
上四 梁同书墨迹
下右 缪晋墨迹
下左 伊秉绶墨迹

不仅诗的成就突出，他对清代杂剧的创作，是清代戏剧史上闪光的篇章之一。

在美术上，陆恭、奚冈、缪晋、陈曼生、梁同书、伊秉绶等在中国绘画和书法史上不仅占有重要历史地位，也是纵览清代美术均不可不知的代表人物。董诰之画，甚为乾隆所喜爱，堪比沈德潜之诗，且经乾嘉二帝亲笔题咏收于《石渠宝笈》。

更为值得关注的还有一批大学者。汪启淑对古印的研究、收集整理，可谓开创了以摹印之流转研究文字演变史的先河。桂馥的《说文义证》与同时之段玉裁、朱骏声、王筠并称『说文四大家』，为中国文字语义学的研究作出了划时代的贡献。该书以『贯通字用』，对从古至其所处之时代的文献进行了一次系统清理，为文献证引之准确与否做了一次最为全面的订正审校工作。邵晋涵的史学成就和经学成就皆可谓为乾嘉时期之冠；他撰写的《四库全书总目提要》精审准确，其《孟子述义》《榖梁正义》《尔雅正义》等，发前人所未发，启后之来者。难怪钱大昕会说：『言经学则推吉士震，言史学则推君。』洪亮吉不仅诗写得好，而且大义凛然，敢为天下先，为言朝政之弊险些被处斩，同时他的《春秋左传诂》也是经学史上的一本重要著作，且是中国提出限制人口增长的第一人。孙星衍与洪亮吉一样被时人称之为深究经史文字音训之学，精研金石碑版的大家，辑刊《平津馆丛书》《岱南阁丛书》，均堪称善本；他的《尚书今古文注疏》，标志清代经学研究达到最高峰。江藩的《国朝汉学师承记》《国朝宋学渊源记》对乾嘉之际的『汉学』『宋学』之师承和源流及基本观点第一次做出了系统的梳理。

这些学者、诗人同时也是官员，为学造就一个时代，为官造福一方水土。如洪亮吉之痛斥时弊，谢振定烧和珅妾家违制车马，伊秉绶解除冤狱等等。正是这样一批饱学硕儒，为官为政为学，书写了中国知识分子救国救民承继中华文化正宗血脉的璀璨篇章。

上 孙星衍墨迹
下右 洪亮吉墨迹
下左 谢振定墨迹

一、名臣诗文稿

26.6 × 40 cm

释文

桃花寺行宫八景恭和御制原韵

涌晴雪

洑流涌灵源，疑是仇池穴。神功乾坤轴，喷薄云根裂。
珠玑散可掬，琴筑韵不绝。万古晴日光，映此一堆雪。

小九叠

玉龙行蜿蜿，金灿光雪雪。沫润古石苔，响答长松鬣。
风回练萦带，月晃镜开匣。赏奇不在多，何假百千叠。

吟清籁

礨砢十八公，独立孤云外。飒然振长吟，势扶风雨会。
貌古韵亦古，薜荔袅垂带，横琴相赏意，吹万各天籁。

坐霄汉

纵目抒睿赏，万有归寸翰。繁星罗远火，积雾卷朝幔。
时时鸾凤音，飘然落天半。荣滋被泉石，虹光炳云汉。

云外赏

招提白云封，扪葛讵容上。偶兹六御经，蓬壶在寻丈。
香台流夕梵，柏阁纳朝爽。花开自年年，物外契真赏。

涤襟泉

仄径通云窦，平开一鉴天。气清尘壒外，味淡古初前。
品以幽岩重，名因睿藻传。陋哉鸿渐辈，不解问蒙泉。

汪由敦

【1692—1758】

初名汪良金，字师苕，一作师茗、师敏，号谨堂，一号松泉，安徽休宁人。雍正二年（1724）进士，授编修。乾隆间，官至吏部尚书、内阁学士。金川、准噶尔两役，廷谕皆出其手。文章典重有体，书法秀润，卒后高宗命词臣摩勒上石，名《时晴斋帖》。有《松泉集》。卒谥文端。乾隆九年（1744），蓟州桃花寺行宫竣工，次年乾隆为此作《御题八景》，《桃花寺行宫八景》此诗为汪由敦和乾隆诗作。

26.6 × 39 cm

点笔石

天然工位置，浮岚澄几席。飞来一片云，质莹寒玉碧。
想当未遇时，榛葵混尘迹。仙毫一品题，远胜支机石。

绣云壁

藻绣（出）化工，人巧讵能敌。紫翠错金碧，奇丽出岑寂。
暮卷复朝飞，过眼百变易。却望青山容，终古张素壁。（本）

大风归自南苑

常年春气动，条风藉宣畅。连朝风怒号，阴寒势弥壮。
晨曦暗无光，惊沙迷所向。郊南陆为海，邈邈原野旷。
封姨逞（骋）长驾，熛疾偏张王。重憧翼肩舆，寸步力相抗。
有如涉长川，忽遇万里浪。波涛声满耳，孤篷信飘飏。
嗟哉行路艰，岂在阻岩嶂。回思昔者至，晴暄物骀荡。
佳时不易值，涉历难预量。造物亦何心，达人齐得丧。
明当凤威霁，草色行可望。

乾隆诗如左，载《清代诗文集汇编》上海古籍出版社2010年版319册391—393页。

桃花寺八景以题为韵

涌晴雪

济南趵突泉为宇内名胜然自平地湧出得之山半尤奇

澄澄汇鉴池，淙淙出乳穴。始讶古琴鸣，乍惜明珠裂。
声色扒扒地，坐对两清绝。积素在高峰，是复涌晴雪。

小九叠

飞崖悬水冬夏不涸康王谷香炉峰以大小殊观

曾闻峰有鹫，不数溪称雪。洗钵走白龙，之而振髯鬣。
复如延津剑，騞然出其匣。底须忆匡庐，爱兹小九叠。

吟清籁

倚松为轩谡谡有韵

倚松驾三楹，屏风抱其外。山灵茯苓润，风古笙簧会。
偶来坐白昼，为我吹解带。是地可消夏，旦夕吟清籁。

坐霄汉

横槛据岑蔚处远延野绿披襟坐眺良足摅我怀抱

丘窗纳万景，揽结供吟翰。写雾出我楹，归云入我幔。
触目契静悟，妙偈无全半。却爱考功诗，开襟坐霄汉。

云外赏

寺以桃花名政不必问武陵春色几许因拈唐人语题之

有桃即武陵，何必寻源上。忘俗即丹台，何必求方丈。
虚斋古而朴，福地肃且爽。得彼环中妙，乐此云外赏。

涤襟泉

山门左侧石室间有泉渟然可鉴轮广径三尺许不假疏凿

清泚呈圆照，虚明向远天。无山遮户外，有水到阶前。
气合烟霞润，声谐竹柏传。尘缨无可濯，坐对涤襟泉。

点笔石

盘山之胜以石此其左障骨脉相属往往露奇石

籍松为伞盖，扫苔作茵席。俯眺一川白，平临众皱碧。时闻鹿鹤声，而无车马迹。得句即书之，恰有点笔石。

绣云壁

连峰列嶂行宫后俨如画屏杜陵绝壁过云开锦绣之句殆为此设

山川果有奇，图画真难敌。复岭翠且丹，壶天阒其寂。消闲临晋帖，习静观周易。物物皆达摩，面我绣云壁。

擬中秋帖子詞恭和
御製原韻四首

歌管風吹玉宇閒詩家綺語例難刪
從看
天上清虛境信有蓬萊第一山
瑤棧幡幡領秋光
仙蘂長涵桂露香百顆驪珠爭月彩
高騰瑤漢六星匡
御製新傳付畫師畫圖那可擬
新詩一輪瀲灔三千界滿意清涼百
子也
滿意挹清涼
滿

今秋萬方正放
升恬頌歲、良宵一舉頭

題文待詔松陰高士圖應　制

鳴泉琤琮沙瀨淺立石層巖淨苔蘚
輕烟一抹遠岩横望裏青山高偃蹇
松陰之士樂幽栖清影滿身同把卷玉磬
山房點筆親烟霞性癖出風塵遠情
直溯懷葛上空谷何由見若人嗒然相
對忘言侶應是傳雲自寫真

26.6×40.3cm

释文

拟中秋帖子词恭和御制原韵四首

歌管风吹玉宇间，诗家绮语例难删。
从看天上清虚境，信有蓬莱第一山。

瑶笺幅幅领秋光，仙翰长涵桂露香。
百颗骊珠争月彩，高腾碧汉六星匡。

御制新传付画师，画图那得拟新诗。
一轮澄澈三千界，满意清凉百子池。（满意把清凉，御制秋光诗中句也。）

茅屋欢声接市楼，今年秋是十分秋。
万方正效升恒颂，岁岁良宵一举头。

乾隆《御制诗二集》卷三十：叠中秋帖子词韵，命翰苑诸臣和之

风月湖山卅载间，今朝歌舞不宜删。姮娥也似添豪兴，早上璇霄映碧山。

最满冰轮异样光，岩枫皆作桂枝香。高底楼阁湖嬴圣，上下沧涟瀑学匡。

邹枚扈从集师师，便合赓吟帖子诗。翰苑从来纪佳话，凤毛还在凤皇池。

依献轩斋近水楼，此间不易值中秋。他年试觅新题句，应在千峰最上头。

（《清代诗文集汇编》第320册，上海古籍出版社，577页）

题文待诏松阴高士图应制

鸣泉琤琮沙濑浅，立石孱颜净苔藓。轻烟一抹远碧横，望里青山高偃蹇。松阴二士乐幽栖，清影满身同把卷。玉磐山房点笔亲，烟霞性癖出风尘。遥情直溯怀葛上，空谷何由见若人。嗒然相对忘言侣，应是停云自写真。

寒山一片坐其下有石如林匪工
能畫摩挲乙乙應接不暇卧
千狀萬態璚瑛琪琚羅列桉
几古歡清娱嘘嚱乎賀監屋流
令則殊畊玉田不乞鑑湖
乾隆丙寅古花朝過
吴邦先生齋頭玩所藏印石漫
題呈希汉之
廣陵学弟江昱

20.1×13.8cm

江昱

（1706—1775）

字宾谷，号松泉，江苏江都人。诸生。少有圣童之名，安贫嗜学，博涉群籍，贯通经史，尤精《尚书》，袁枚目为『经痴』。曾任石鼓书院主教，治教有方，成绩卓著。家富图籍，多藏精本，爱好金石文字，通音韵训诂之学，亦长于诗。有《尚书私学》、《韵岐》、《松泉诗集》、《潇湘听雨录》、《梅鹤词》等。此为乾隆十一年(1746)农历二月十五日，江昱至友人家，赏玩友人所藏印石而作。

释文

寒山一片，坐卧其下，有石如林，匪工能画，摩挲乙乙，应接不暇。千状万态，璠瑛琪琚，罗列案几，古欢清娱。嘘嚱乎！贺监风流今则殊，耕玉田，不乞鉴湖。

乾隆丙寅古花朝过

吴郇先生斋头，玩所藏印石，漫

题 并希 政之

广陵学弟江昱

路到層峰斷門依老
樹閑月從平楚轉泉
自上方來薤白羅朝
饌松黃暖夜盃相留
笑孫綽空解賦天
台 訪隱
捧月三更斷藏星七
夕明纔聞飄迥路旋

20.4×22.4cm

見隔重城潭暮隨龍
起河秋壓鴈聲只應
惟宋玉知是楚神
名 詠雲
録義山二律為
覲翁司農同年
曹秀先

20.4×22.4cm

曹秀先

【1708—1784】

字恒所，一字冰持，芝田，号地山，南昌新建人。乾隆元年（1736）进士，授编修。官至礼部尚书、上书房行走，充《四库全书》馆总裁。乾隆帝特赐『紫禁城骑马』的特殊礼遇。在官勤慎廉俭，故屡次以事遭吏议，高宗均予宽免。书法高古，纯写中锋，力透纸背，人得片楮以为宝。石刻碑版甚多，尝进所刻敬恩堂移晴堂书课，赐御临黄庭坚尺牍。卒谥文恪。有《赐书堂稿》《依光集》《使星集》《地山初稿》等。此为曹秀先写李商隐《访隐》《咏云》二诗以赠友人。

释文

路到层峰断，门依老树开。月从平楚转，泉自上方来。
薤白罗朝馔，松黄暖夜杯。相留笑孙绰，空解赋天台。
（访隐）
捧月三更断，藏星七夕明。才闻飘迥路，旋见隔重城。
潭暮随龙起，河秋压雁声。只应惟宋玉，知是楚神名。
（咏云）

录义山二律为觐翁司农同年

曹秀先

幾載風萍跡暫逢酸鹹嗜
好俗誰同輕以詩句雲林
畫都在先生兩袖中
一拳昌少千頃匪多不求不
与日三摩沙
我有奇石磊磊落落風雨空
山瑾懷瑜握
乾隆乙丑臘月望前三日蕉畦江恂題

20.1×13.8cm

江恂（1709—？）

字于九，一字禹九，号蔗畦，一号蔗田。江苏江都人。江昱胞弟。乾隆十八年（1753）拔贡生，官至凤阳知府。诗、画、隶书、篆刻均工，尤喜画藕花，笔意华湛可爱。富收藏，金石书画甲于江南。著《蔗畦诗钞》。此当为江恂为某藏品所题。

释文

几载风萍迹暂逢，酸咸嗜好俗谁同。辋川诗句云林画，都在先生两袖中。

一拳局少，千顷匪多，不求不与，日三摩挲。我有奇石，磊磊落落。风雨空山，瑾怀瑜握。

乾隆乙丑腊月望前三日蔗畦江恂题

唐老歛諸山雨氣微不滿空
畫舡來往疾輕鴻誰知獨臥朱
簾裏一榻無塵四面風
坡公送客舟中得此詩和其韻並
以原詩付壬子坰蓋老歎人物亦

刘墉

1720—1805

字崇如，号石庵，山东诸城人。文正公刘统勋（大学士）之子。乾隆辛未年（1751）进士，官至体仁阁大学士，在乾嘉两朝任相国凡十一年，甚受皇帝宠幸。谥文清。书法魏晋，尤长小楷，笔意古厚。其书初从赵孟頫入，中年后乃自成一家。貌丰骨劲，味厚神藏，不受古人牢笼，超然独出，与翁方纲、梁同书、王文治并称为『清四大书家』。有《学书偶成》三十首，用元遗山《论诗绝句》韵。尝奉旨刻清爱堂帖。有《石庵诗集》。

此为刘墉录宋朝诗人唐珣《为杭州日送客舟中》诗，并记苏轼曾将此诗赠唐珣之子唐坰一事。刘墉赞此诗韵胜致佳。

27×16.4cm (2)

释文

唐彦猷诗：

山雨霏微不满空，画船来往疾轻鸿。谁知独卧朱帘里，一榻无尘四面风。

坡公送客舟中得此诗，和其韵，并以原诗付其子坰。盖彦猷人物高胜欧苏，诸公皆重爱之，于坡公为前辈。坰字林夫，尝以其藏书求坡公一一鉴论，当亦深于书者。彦猷此绝句致佳，坡公取之，非漫然也。

定轩属书　刘墉

此书札为黄遵宪所藏。

15.9 × 34.3 cm

释文

居然社栎得天全，顾盼曾邀匠石怜。
一事比人差胜处，不曾强仕已归田。
最时自喜归林鹤，此日将为入肆羊。
三十五年风过耳，便饶百岁也寻常。
酒肆淫坊我未曾，诵经拜佛只羞称。
镜中头脑光圆在，犹胜虚充有发僧。
老矣空惊岁月道，十年不读更何尤。
平生只被陈元误，自小磨人白了头。
手掷丸泥五十年，看从毫末到掺天。
主人老矣难为别，酹酒寒梅一惘然。
已是平头七十人，姓名久不挂朝绅。
老妻点捡闲箱箧，重整宫袍待饰巾。
愿谢亲知破俗牵，怕闻好语慰残年。
老夫自祝飞光酒，一具桐棺万楮钱。

山舟七十初度自述绝句

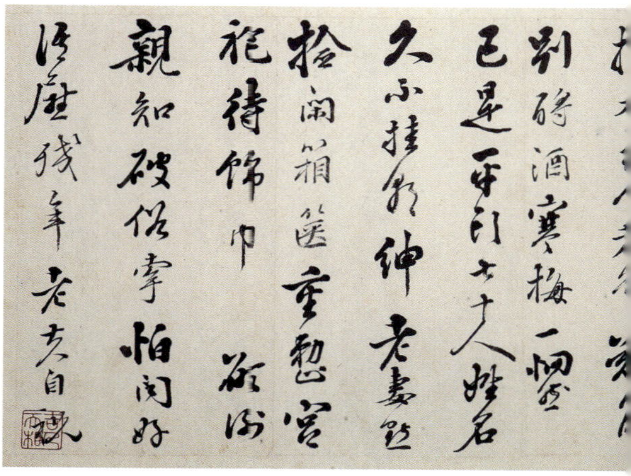

15.9 × 34.6cm

15.9 × 7.8cm

梁同书

1723–1815

字元颖，号山舟，晚自署不翁，九十外号新吾长翁，钱塘（今杭州）人。大学士梁诗正之子。乾隆十二年（1747）举人，十七年（1752）特赐进士，授编修。累迁侍讲，以忧归，不复仕。博学多闻，善鉴别前人手迹，过眼辄判其真伪。工于书，少学颜、柳，中年用米法，七十后愈臻变化，纯任自然，为当世独绝。所书碑版遍寰宇，与翁方纲、刘墉、王文治并称为『清四大书家』。清朝工书之人鲜有长于大字者，梁同书作字愈大，结构愈严，魄力沉厚，观者莫不叹绝。日本、琉球、朝鲜诸国皆欲得片缣以为贵。诗多雅意，文亦清峭，间作画，善人物花卉，宕逸有奇致，惜为书名所掩。梁同书九十岁以后，为人书碑文墓志，终日无倦容，无论擘窠蝇头，均笔法精到，并无苍老之气。有《频罗庵遗集》《直语补证》等，刻帖则有《瓣香楼法帖》《青霞馆梁帖》《频罗庵法帖》等。

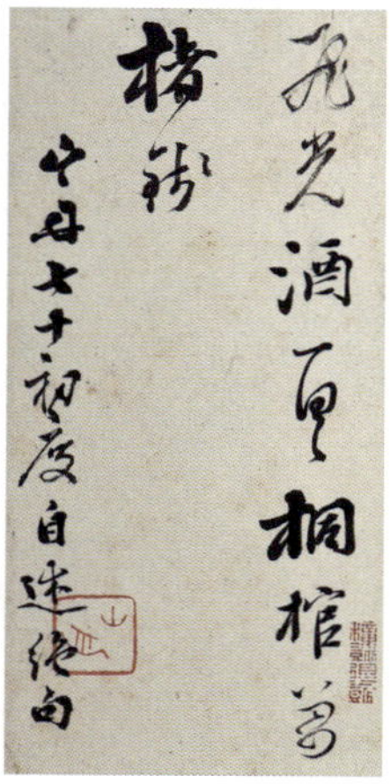

释文

云客有嘉招，驱尘酒微雨。联襟得得来，秋客丽绀宇。卣□□鹊炉，清话贵松尘。散步绕东篱，□萤乱难数。淡影弄幽姿，寒芬飘细缕。萤凄不可听，蝶瘦犹能舞。五美语非虚，傲霜操良苦。分笺斗新诗，逸兴同栩栩。何必餐落英，惟思归老圃。轻薄笑春□，晚节谁继武。

汪启淑

1728—1799

字季峰，号讱庵，歙县人，寓居杭州。家富，喜交名士。家有绵潭山馆，藏书极多。乾隆中，开四库馆，献书六百余种。官工部郎。擢兵部郎中。有《水曹清暇录》《讱庵诗存》等，辑有《飞鸿堂印谱》《汉铜印丛》等。

19.6×25cm

九月望日，胡炼师招同星桥，顾进士瘦铜，张中翰榖人，吴大史补裳，张秀才讷旃，卫上舍松坨，梁国学松岩，戴秀才城南，道院觉鞠以解尘成契，冒雨相邀，分韵得雨字即请

瘦铜大兄老先生教削

讱庵愚弟汪启淑呈本

23.6 × 30.1 cm

释文

我祖宛平人，名官享亳祭。君世山阴族，济南启高第。君今四十五，我已七十四。云山隔万重，年齿复悬异。奇缘五载前，同官聚巢地。一见结古欢，挥觞沥肝肺。我性直而迂，君情宽而厉。英爽亦绝伦，谈辩饶真意。读书兼读律，通仁复通义。鸾凤自冲霄，棘枳暂栖寄。我门雀可罗，君庭草满砌。爱客共哦松，典衣时启罚。艰难食指繁，友于笃昆季。敲搒多平反，隐为裕后计。膝前已四男，一一青云器。花月互往还，不我耄年弃。齐心愿所同，因共丝萝系。次郎坦东床，于焉快佳婿。厅前柏如龙，预兆乘云气。同结后凋心，且作官箴励。前程君正远，归老我决志。从知子孙贤，世世引无替。题真倍写真，真士不作伪。他年风雨窗，披吟如梦寐。

壬戌夏五，纫斋亲翁出图索题。予因至契不等泛常，抒切实之语，志永好之情，异日风流云散，或不异千里同堂也。

乡愚弟苏廷煜

苏廷煜

（1729—1813）

字文晖，号虚谷，晚号移山愚叟，安徽蒙城人。乾隆五十四年（1789）拔贡，官巢县教谕。书法苏轼，极苍劲，画梅兰竹菊，无不精妙，人称双绝。曾在京师，困于写竹，深自厌恨，遂以指戏墨，人并奇之。

此为苏廷煜应同为书画家的至交陈允升之请，题画所作。诗中简述二人忘年交谊，以志永好之情。

23.6 × 30.1 cm

自植孤生松卓然見
高枝秋菊有佳色
彼此更共之荊扉晝
常閉百卉具已腓空
庭多落葉獨樹乃
見奇微雨洗高林遊雲
倏無依貞剛自有質千
載不相違

集陶 顧光旭

荔香學長兄正

23.2×13cm（2）

顾光旭

（1731–1797）

字华阳，一字晴沙，号响泉、华阳山人，江苏无锡人。乾隆十七年（1752）进士，官至甘肃甘凉道、署四川按察司使。工书法，与王文治、刘墉、孔东山、梁同书、周稚珪相颉颃。有《梁溪诗钞》《响泉集》。此诗为顾光旭集陶渊明诗句所成，书赠友人张挺。张挺，字绣虎，号荔香，江苏太仓人。善山水，工吟咏。

释文

自植孤生松，卓然见高枝。秋菊有佳色，彼此更共之。
荆扉昼常闭，百卉具已腓。空庭多落叶，独树乃见奇。
微雨洗高林，游云倏无依。贞刚自有质，千载不相违。

集陶　顾光旭为荔香学长兄　正

春夜行溪蘄水中過酒家飲醉
乘月至一溪橋上解鞍少休及
覺已曉亂山蔥蘢不謂人世也書
此詞於壁云照夜瀰瀰淺浪橫空
曖曖微霄障泥未解玉驄驕我欲
醉眠芳草可惜一溪明月莫教
踏碎瓊瑤解鞍欹枕綠楊橋杜
宇一聲春曉
臨皋亭下八十數步便是大江
其半是峨嵋雪水飲食沐浴
皆取焉何必歸鄉哉江山風月
無常主閑者便是主人

桓為
定軒世講書

26.9 × 16.5 cm (2)

周升桓

（1733—1801）

字稚圭，号山茨，浙江嘉善人。乾隆十九年（1754）进士，官广西巡抚。书法米芾、苏轼。有《皖游诗存》。此为周升桓写苏轼《西江月》词。

释文

春夜行（溪）蕲水中，过酒家，饮醉，乘月至一溪，桥上解鞍少休。及觉已晓，乱山葱茏，不谓人世也。书此词于壁云

照夜㳽㳽浅浪，横空暧暧微霄。障泥未解玉骢骄，我欲醉眠芳草。可惜一溪明月，莫教踏碎琼瑶。解鞍攲枕绿杨桥，杜宇数声春晓。

临皋亭下八十数步便是大江，其半是峨嵋雪水，饮食沐浴皆取焉，何必归乡哉。江山风月无常主，闲者便是主人。

升桓为定轩世讲书

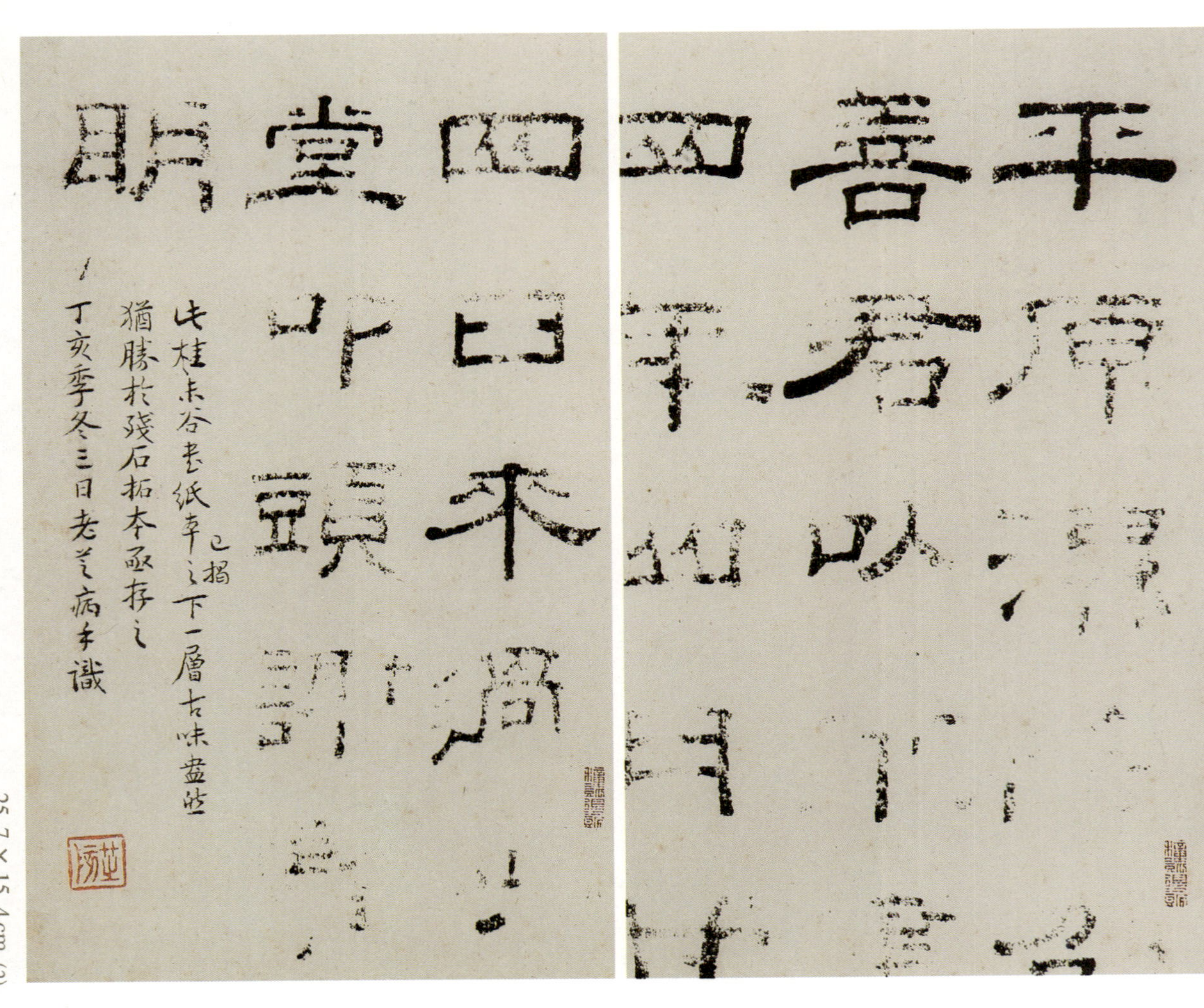

25.7 × 15.4cm (2)

释文

平原湿阴邵善君以永建四年四月廿四日来过此堂，叩头谢贤明

此桂未谷书纸本之（已揭）下一层，古味盎然，犹胜于残石拓本，亟存之

丁亥季冬三日老芝病手识

桂馥

1736—1805

字冬卉，一字未谷，号雩门，别号萧然山外史。晚称老苔，一号渎井，又自刻印曰「渎井复民」。山东曲阜人。乾隆五十五年（1790）进士，官云南永平知县。学问该博，邃于金石考据之学。翁方纲、阮元极推之。篆刻、汉隶雅负盛名。精于考证碑版，以分隶篆刻擅名，其隶书直接汉人，工稳淳朴，厚重古拙，整严润健。暮年始好写生，别饶古韵。著有《说文义证》《缪篆分韵》《晚学集》等。此为郑文焯所藏桂馥手迹，原为山东肥城孝堂山祠堂（汉代）石梁上所刻之语。桂馥为清代『说文』研究四大家之一（其他三人为段玉裁、王念孙、王筠）。张之洞《书目答问》列为『经学家』『小学家』，其成就主要在小学，即『说文』研究。

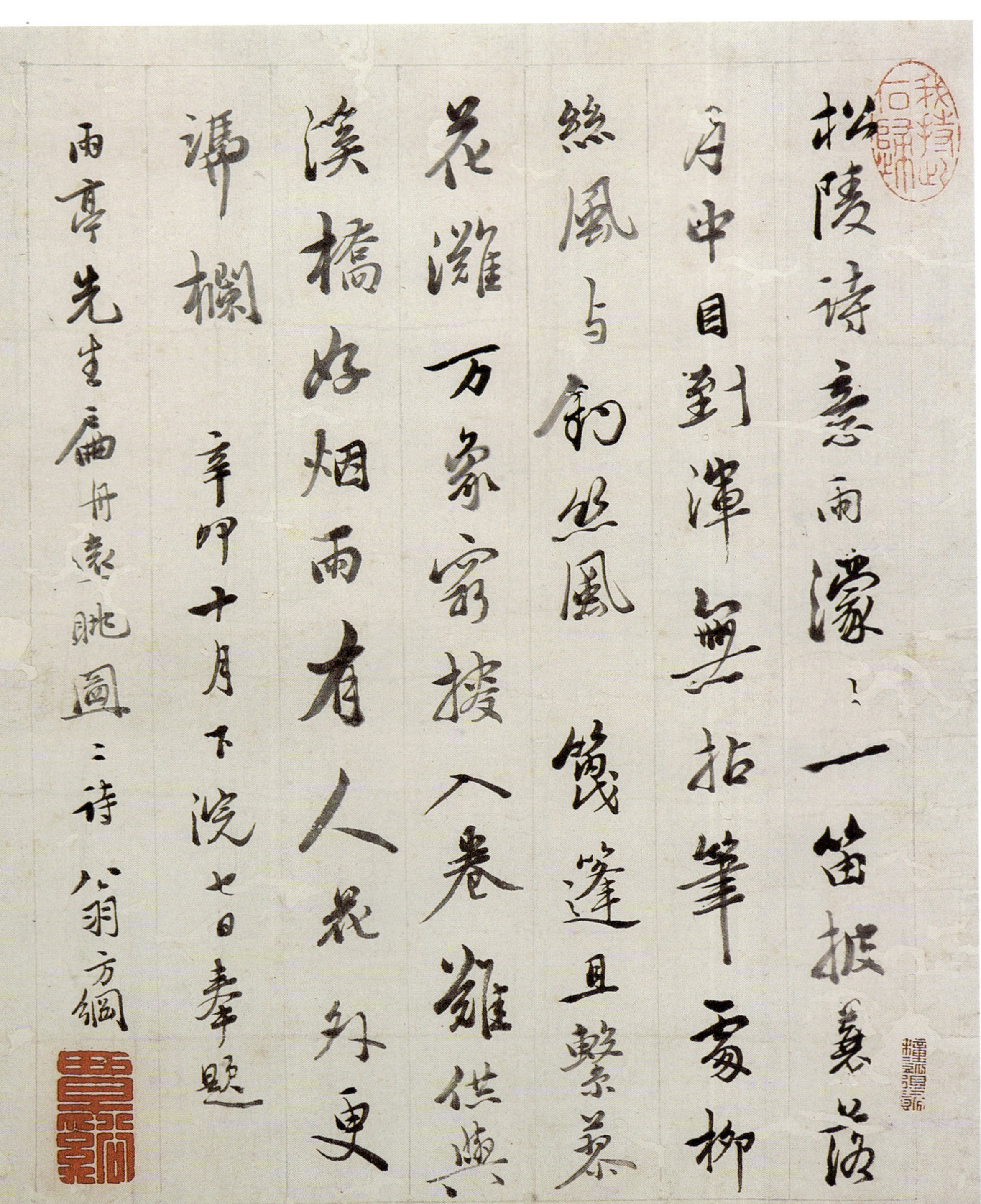

松陵詩意雨濛濛，一笛披蓑落月中。目對渾無拈筆處，柳絲風与釣絲風。
箋篷且繫茶花灘，万象窮搜入卷難。供與溪橋好烟雨，有人花外更憑欄。
辛卯十月下浣七日奉題
雨亭先生扁舟遠眺圖二詩　翁方綱

27.7×21.8cm

释文

松陵诗意雨濛濛，一笛披蓑落月中。目到浑无拈笔处，柳丝风与钓丝风。

篾篷且系蓼花滩，万象穷搜入卷难。供与溪桥好烟雨，有人花外更凭栏。

辛卯十月下浣七日奉题

雨亭先生扁舟远眺图二诗　翁方纲

翁方纲

（1733–1818）

字正三，一字忠叙，号覃溪，晚号苏斋。顺天大兴（今属北京）人。乾隆十七年（1752）进士，授编修。历官乾、嘉二朝，官至内阁学士。精通金石、谱录、书画、词章之学。精心汲古，富藏书，博览碑帖，清代金石鉴赏之风大盛，翁方纲实开先声。书法初学颜真卿，继学欧阳询，隶书则师法《史晨碑》《韩敕碑》等碑刻。与同时的刘墉、梁同书、王文治并称为『清四大书家』。论诗创『肌理说』，然所作每嫌太实，有以学为诗之弊。有《两汉金石记》《粤东金石略》《苏米斋兰亭考》《石洲诗话》《复初斋诗文集》等。此为翁方纲于乾隆三十六年（1771）为友人郑润（字雨亭）所作『扁舟远眺图』赋诗二首。

驚飈排户徹宵鳴，卧擁寒衾夢不成。十室幾人圍火坐，六街有客送壽行。身安幸託天家福，性定休爭藝苑名。更念少游知足語，東山謝傅悔多情。

冬夜大風凝寒枕上口號

乙酉十一月臞仙忠稿

17.4×15cm

永忠（1735–1793）

爱新觉罗氏，字良辅，一字渠仙、敬轩，号**臞仙**、**香园**、**存斋**、**九华道人**、栟榈道人、延芬居士。康熙十四子允禵之孙，袭封辅国将军。喜书，遇奇书异籍，虽典衣绝食必购之归。诗、画、琴、书皆精妙入格。书法犹劲，颇有晋人风味。墨梅竹石及小景颇佳。有《延芬室集》。前诗为乾隆三十年乙酉（1765）冬夜凝寒，永忠有感，口占而成。后二诗为永忠与宗兄书诚的酬唱之作。

释文

惊飔排户彻宵鸣，卧拥寒衾梦不成。十室几人围火坐，
六街有客送筹行。身安幸托天家福，性定何争艺苑名。
更念少游知足语，东山谢傅悔多情。

冬夜大风凝寒，枕上口号

乙酉十一月臞仙忠稿

空傳極句詘寥寂不見
始辰慰饞饕潼似雲當
人酒送先生烏有彝潛
餔

坡詩云白衣送酒舞淵明急掃風軒洗破觥豈意青州六從事化爲烏有一先生云云
十詩第十次

樗仙三兄惠書元韻見詩而不見書故戲及

臞仙弟忠如了

華蓮夫送江

18.1×12cm

释文

空传短句诗寥寂，不见如瓜慰饕饕。浑似雪堂人酒送，先生乌有舞潜陶。坡诗之『白衣送酒舞渊明，急扫风轩洗破觥。岂意青州六从事，翻成乌有一先生』云云。小诗奉次。

樗仙三兄惠枣元韵，见诗而不见枣，故戏及

曜仙弟忠顿首

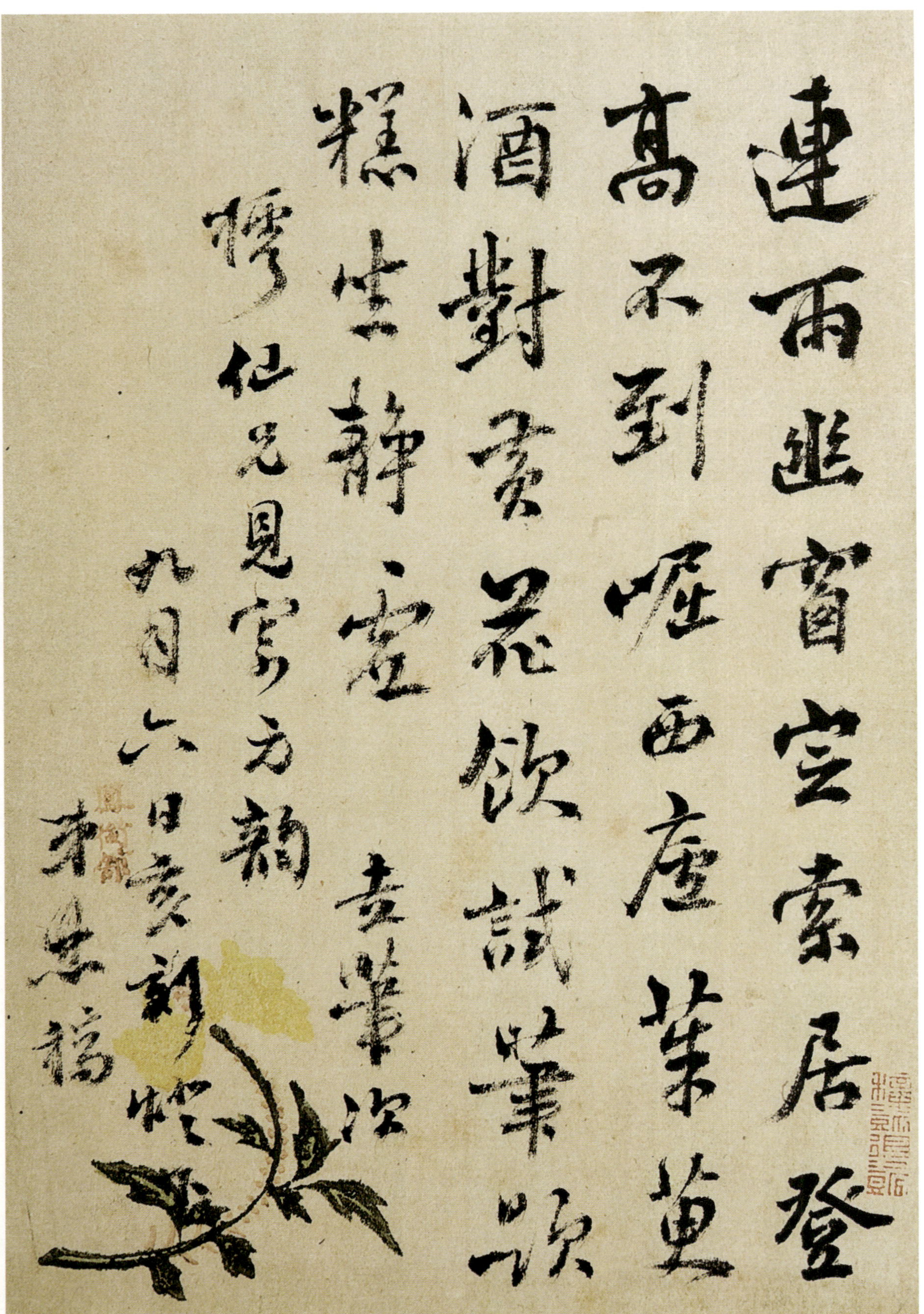

18.1×12cm

释文

连雨幽窗定索居，登高不到崛西庐。茱萸酒对黄花饮，试笔题糕坐静虚。走笔次

樗仙兄见寄元韵

九月六日亥刻灯下

弟忠稿

方薰字蘭坻石门人布衣詩書画並妙寫生尤工与奚鐵生齊名稱方奚一時能手無出二人之上有山静居稿

释文

久不得雨，秋热甚炽

时羌至白露，气不辨清秋。
傍午犹冰箪，追凉就月钩。
星移萤破暝，籁静庵闻幽。
短枕眠难着，闲吟岂自由。

郡郡庠水急，轧轧信风闻。
小有穿林雨，衔过别浦云。
多将胼胝力，全策桔槔勋。
行坐无聊赖，情先望岁殷。

闻心远上座辞世，慨然

经旬但云卧，足不入山城。
示寂原非病，观空了有情。
交怜才一函，缘已毕三生。
我正归舟日，师方撒手行。

近作求小洲三兄正

樗盦方薰

方薰

1736–1799

字兰坻，石门人，布衣。诗、书、画并妙，写生尤工，与奚铁生齐名，称『方奚』。一时能手，无出二人之上。有《山静居稿》。前诗为方薰有感于秋热无雨所作，后诗为悼僧心远所作。

25.9 × 35.5 cm

叢煞香披九畹蘭（簡齋春興詩有幽蘭九畹披香坐之句）謫仙
到霧水雲寬隨緣且自紅塵住厭俗頻
將白眼看為予買春渾得計（無子為名又買春亦
簡齋得言之句）以山作壽好承歡何如追遞天
涯客獨抱愁思渺萬端
阻隔關山悵遠離苦吟無那首低垂行
蹤碌碌緣何事後會茫茫更幾時萬里
寄書真不易三年學步莫嫌遲遲來
情景憑誰告縱使通家未得知

庆桂

1737—1816

字树斋，章佳氏，满洲镶黄旗人，大学士尹继善之子。乾隆间以荫生授户部员外郎，充军机章京，嘉庆间官至文渊阁大学士。性和平，居枢廷数十年，初无过失，举止不离跬寸，时咸称其风度。卒谥文恪。

此组作品为庆桂酬答袁枚的和诗。乾隆三十八年（1773），庆桂出为伊犁参赞大臣。忆此前出使库伦时，袁枚曾有诗寄赠，庆桂因公事繁忙，未能即和。此来西疆，偏远荒凉，消息难通，惆怅述怀，作三律以步袁枚原韵奉和。次年（1774）庆桂寄灰裘二袭与袁枚，袁枚复信感谢，庆桂再作二律步袁枚原韵以答。另有和袁枚抱嗣子二首、和袁枚寄贺升迁诗一首。

句云有人風骨類君夫
飄零舊雨疏新雨遮莫江雲恨塞雲漫向胭脂山悵悒儘多相思與君分（末詩有倘奪焉支好顏色江南兒女要平分之句故云）
予三年前出使庫倫
簡齋世兄以詩寄懷因奔走風塵未能屬和今又叅贊西疆公餘之暇漫步原韻錄呈
教正
弟慶桂拜草

17.5 × 35 cm

释文

羡煞香披九畹兰，（简斋春兴诗有『幽兰九畹披香坐』之句。）谪仙到处水云宽。随缘且自红尘住，厌俗频将白眼看。为子买春浑得计，（『无子为名又买春』亦简斋得意之句。）以山作寿好承欢。何如迢递天涯客，独抱愁思渺万端。

阻隔关山怅远离，苦吟无那首低垂。行踪碌碌缘何事，后会茫茫更几时。万里寄书真不易，三年学步莫嫌迟。迩来情景凭谁告，纵使通家未得知。

身如旅雁少同群，消息亲朋杳不闻。敢望功名追定远，每因风骨忆思勋。（简斋吊杜牧之句云『有人风骨类君夫』。）飘零旧雨疏新雨，遮莫江云恨塞云。漫向胭脂山怅悒，尽多相思与君分。（来诗有『倘夺焉支好颜色，江南儿女要平分』之句，故云。）

予三年前出使库伦，

简斋世兄以诗寄怀，因奔走风尘，未能属和。

今又参赞西疆，公余之暇，漫步原韵，录呈教正。

弟庆桂拜草

袁枚和诗

闻树斋侍郎领威远大将军镇守北路寄诗奉怀

侍郎持节镇楼兰，都护新开幕府宽。我辈尚将儒者待，朝廷久当重臣看。瞻来福相三军喜，传出华年九塞欢。立马天山莫回首，望乡台恐在云端。

侍郎年未三十。

想见趋庭话别离，相公有泪敢轻垂？从来效力沙场日，即是承欢膝下时。
充国行军宁慎重，班超见事勿稽迟。只今绝域皆州郡，说与呼韩知不知？
通家有客感离群，一障乘边信屡闻。麟阁行看君上画，燕山应待我铭勋。
新诗敕敕军中曲，旧梦横塘水上云。倘夺焉支好颜色，江南儿女要平分。
（袁枚《小仓山房诗文集》第二册，上海古籍出版社，2011年，493页）

甲午夏日予自塞外以手札一函厌裘

二龔寄贈

簡齋世兄昨接見回音始知札至而裘未至

簡齋乃有詩謝我因和原韻錄博

一粲

判袂于今十四年江城南望渺雲煙木桃

空愧投良友錦繡翻邀到極邊信是蹤

遥鞭莫及那堪心遠地真偏分明同在寰

區內睽隔渾如各一天
羨君樂道解安貧寄跡清涼愛隱淪
淡泊生涯承 母志太平歌咏荅 皇恩
不思腰掛金章美惟願身披荷芰溫
回書中有世外野叟只宜荷芰爲衣之語
寄我新詩流肺腑絕無
斧鑿一絲痕 唐高適岑參詩皆流出肺腑無斧鑿痕
聽泉弟慶桂拜稿

18.7×13cm (2)

释文

甲午夏日予自塞外以手札一函、灰裘二袭寄赠

简斋世兄昨接见回音，始知札至而裘未至。简斋乃有诗谢我，因

和原韵，录博一粲。

判袂于今十四年，江城南望渺云烟。木桃空愧投良友，

锦绣翻邀到极边。信是路遥鞭莫及，那堪心远地真偏。

分明同在寰区内，睽隔浑如各一天。羡君乐道解安贫，

寄迹清凉爱隐沦。淡泊生涯承母志，太平歌咏答皇恩。

不思腰挂金章美，惟愿身披荷芰温。

回书中有『世外野叟只宜荷芰为衣』之语。寄我新诗流肺腑，绝无斧凿一丝痕。唐高适、岑参诗皆流出肺腑，无斧凿痕。

听泉弟庆桂拜稿

袁枚和诗

树斋侍郎从喀尔巴哈惠寄灰鼠裘二袭赋诗奉谢并告裘犹未至

一封书到动经年，纸上犹飞塞上烟。有暇将军能忆我，可知万马不窥边！

地当绝域风霜早，诏许携家雨露偏。（书中云，古大宛地人秋即雪。眷属同行。）敬把佛香供手札，怜他来自大西天。

寄我轻裘念我贫，路遥芳讯竟沉沦。叠来箱内虽无分，暖到胸中也是恩。

两世春风惯虚领，（枚上文端公诗云：「可怜桃李青青树，虚领春风十六年。」）一生卧雪有奇温。只愁身上蒙茸服，何日能消别泪痕！

（袁枚《小仓山房诗文集》第二册，上海古籍出版社，2011年，581页）

塞外接見
簡齋世兄抱令弟香亭之子為嗣二律因和韻寄賀並以述懷錄請
教政

寧馨嗣過地仙家義徵淵明作阿爺來札有徵淵明通子之義所抱之子取名阿通云絕勝懷香徵吉夢無須反哺羨慈鵶荆花蒂並分尤盛原唱有分得荆花原並蒂之句故云湯餅筵開吉且嘉博得綵毫揮妙句被之

絃管聽嘔啞

嘆予無計可承歡，慈答縈懷強自寬。一任光陰成老大，惟憑書信報平安。（予拜別慈親業經五載矣）月疑顏色屋梁冷，絃斷瑤琴玉軫單。（予於乙未秋九月悼亡）近事告君應更笑，吚吚小尾當璋看。（予已年逾四旬尚無子嗣，昨冬生得一女，現即作子撫之，亦不得已之極思耳）

聽泉弟慶桂拜稿

18.7×13cm (2)

释文

塞外接见

简斋世兄抱令弟香亭之子为嗣二律

因和韵寄贺，兼以述怀，录请教政

宁馨嗣过地仙家，义仿渊明作阿爷。（来札有仿渊明通子之义，所抱之子取名阿通云。）绝胜怀香征吉梦，无须反哺羡慈鸦。荆花蒂并分尤盛，（原唱有『分得荆花原并蒂』之句，故云。）汤饼筵开旨且嘉。博得彩毫挥妙句，被之弦管听呕哑。

叹予无计可承欢，愁苦萦怀强自宽。一任光阴成老大，惟凭书信报平安。（予拜别慈亲，业经五载矣。）月疑颜色屋梁冷，弦断瑶琴玉轸单。（予于乙未秋九月悼亡。）近事告君应更笑，呱呱小瓦当璋看。（予已年逾四旬，尚无子嗣，昨冬生得一女，现即作子抚之，亦不得已之极思耳。）

听泉弟庆桂拜稿

袁枚原诗

十月十四日嗣香亭为己子取名阿通，喜而赋诗

阿侯抱向阿连家，六十衰翁始作爷。分得荆花原并蒂，养成小凤自随鸦。
裁衣预备身材长，选乳兼需姆德嘉。儿亦有缘如识我，万书堆里笑哑哑。
筵开汤饼举家欢，晚景桑榆自觉宽。妻妾无功兄弟补，园林有主水云安。
开心野鹤声相和，回首斜阳影不单。只是翁衰儿太小，客来强半当孙看。

（袁枚《小仓山房诗文集》第二册，上海古籍出版社，2011年，582页）

湛恩叠受感今吾報稱維艱計處粗五日
渾同京兆美九门聊聽步兵呼那堪居
官如懸磬幾欲徒行愧大夫休问麗華得
也未（来詩有娶妻盖得麗華無之句故云）年来仕宦興俱無
于盖攝九门承
简齋世兄以詩寄賀因步原韻奉答
弟慶桂拜草

18.7×14cm

释文

湛恩叠受感今吾，报称维艰计虑粗。五日浑同京兆美，九门聊听步兵呼。那堪居室如悬磬，几欲徒行愧大夫。休问丽华得也未，（来诗有『娶妻兼得丽华无』之句，故云。）年来仕宦兴俱无。

二、兼摄九门，承简斋廿兄以诗寄贺，因步原韵奉答

弟庆桂拜草

袁枚诗

闻树斋提督九门喜贺以诗

郎君官拜执金吾，野老风闻胆亦粗。九扇天门新管领，六街赤棒正传呼。那须当户夸封爵，如此司阍信丈夫。料得心开还戏问，娶妻兼得丽华无？

（袁枚《小仓山房诗文集》第二册，上海古籍出版社，2011年，544页）

释文

紫青莼叶卷荷香，雪白芹芽拔薤长。自撷溪毛充晚供，短篷风雨宿横塘。湖莲旧荡藕新翻，小小荷钱没涨痕。斟酌梅天风浪紧，更从外水种芦根。蝴蝶双双入菜花，日长无客到田家。鸡飞过篱犬吠窦，知有行商来卖茶。湔裙水满绿苹洲，上巳微寒懒出游。薄暮蛙声连晓闹，今年田稻十分秋。

临赵松雪真迹应

晓园老先生属

柘林董诰

董诰

1740—1818

字雅伦，一字西京，号蔗林，一号柘林，董邦达长子，浙江富阳人。乾隆二十八年（1763）传胪，授编修。历任内阁学士，擢工、户、吏、刑部侍郎，充四库馆副总裁。累官至东阁大学士、太子太傅。工诗古文词，亦擅绘事，其所进呈画本，经乾嘉二帝亲笔题咏，收于《石渠宝笈》第三编。卒，嘉庆帝亲临祭奠，御制哀诗有『只有文章传子侄，绝无货币置庄田』之句，赐谥文恭。书法宗王羲之、献之，山水禀承家学，雅秀绝尘，晚宗宋元，有大、小董之称。为人和易，一时寒畯多得其授画法。

此为范成大《晚春田园杂兴》四首，为董诰应友人之请，临赵孟頫真迹而成。

籬犬吠竇知有行商來買茶
湔裙水滿綠蘋洲上巳微寒懶
出遊薄暮蛙聲連曉鬧今年
田稻十分秋　臨趙松雪真跡應
曉園老先生屬　柘林董誥

22.6×29.7cm

27.6×16.7cm

释文

此南唐《昇元帖》也。跋者俱目为阁本，不可不辨。法帖之刻著于宋，而权舆于南唐，所谓昇元帖，一名《澄清堂帖》是已。自淳化本兴而江南李氏之帖遂晦，岂日月既出，爝火无光欤？抑当年纳土之后，遂与钟王墨迹并付宝仪一炬，不复传流欤？余夙嗜古刻，三十年来如淳化《秘阁》、《太清》、《泉》、《绛》等帖，俱幸得见善本，尝溯其源流，审其同异，今见此（刻）帖，刻法拓

陆恭

1741—1818

字孟庄，号谨庭，吴县（今江苏苏州）人。王文治婿。乾隆四十五年（1780）举人。工书善画，多收藏古帖名画。点染花卉，笔意古雅。读书嗜古，精鉴赏。前二诗为乾隆五十一年（1786）上巳节前陆恭约同友人至期修禊，集句而成。文为陆恭鉴定一南唐《昇元帖》，并考其源流、述其价值所作。后数诗为写景述怀，与友人酬唱之作。

27.6×17.8cm

法之精无论已，其波折使转，毫铓毕露，一种古香古色溢于楮墨，亦妙莫能名，遂定为南唐《昇元帖》。盖前所见诸帖中，右军书都不及此也。要之，不见《秘阁》、《太清》、《泉》、《绛》等帖，不知淳化之尽美；不见淳化初本，又岂知昇元之尽善哉。权，然后知轻重；度，然后知长短。后之览是帖者，其审之哉。

嘉庆十一年夏四月　吴郡陆恭谨庭书于松下清斋

释文

今夕问何夕，
迢迢望女牛。
星光耿永夜，
云影尽初秋。
毕竟仙都幻，
何妨拙自修。
乞灵佳话尔，
儿女共悠悠。
（七夕）

独坐夜将半，
忘形到我吾。
玉钩斜径堕，
银汉淡于无。
明灭萤流火，
微茫露有珠。
何人正横笛，
秋思入高梧。
（夜坐）

18.8×11.9cm (2)

近作二律　录呈

梅坡二兄先生　教正

谨庭恭草

释文

竹窗坐雨阅禊帖，因集为句。时丙午上巳前七日

揽古不知倦，春阴若暮天。悟言欣有竹，静坐契无弦。后叙怀兴老，孙绰字兴公，有《兰亭后叙》。同临仰集贤。松雪书《兰亭后记》，同日临此。禊游今视昔，清朗快当年。积雨新霁，约同人修禊志喜也。仍集兰亭

盛事(传)怀修禊，斯游信快然。所欣清朗日，不异永和年。

24.3×13.5cm（2）

曲水今犹在，
春山迹岂迁。
自知无以咏，
文集古之贤。
兰气随山得，觞情与岁迁。五六应改此二句。

二咏皆丙午上巳前作也，至期雨雪霏霏，约竟不果。惟见竹外桃花，䤈雪如醉，亦奇景也。谨庭氏并记。

題金閶分袂圖

送客金閶路，扁舟放柳塘。一尊携舊雨，幾樹帶斜暘。後會期應近，臨岐語更長。踟躕同執手，我爲賦褰裳。

24.3×13.6cm

释文

题金阊分袂图

送客金阊路，扁舟放柳塘。一尊携旧雨，几树带斜阳。

后会期应近，临歧语更长。踟蹰同执手，我为赋褰裳。

奉和
懷谷大兄見懷原韻并 正

芸箋手展小牕邊南北迢迢悵各天滿縣花陰名士績一庭松韻散人緣性因愛古差殊俗吏不名錢便是仙出處縱歧心自合論交何必對牀眠

見懷詩庚戌小春寄到當即和就欲寄呈者屢矣今始錄寄疏懶性成 知己諒之壬子立冬前二日謹庭弟陸恭

23.8×11cm

释文

奉和怀谷大兄见怀原韵并正

芸笺手展小窗边，南北迢迢怅各天。满县花阴名士绩，一庭松韵散人缘。性因爱古差殊俗，吏不名钱便是仙。出处纵歧心自合，论交何必对床眠。

见怀诗庚戌小春寄到，当即和就，欲寄呈者屡矣，今始录寄。疏懒性成，知己谅之。壬子立冬前二日。

谨庭弟陆恭

夜雪寄懷

二娛大兄錄正并索和

坐久燈頻剪，宵深衣漸加。餘寒醸春雪，飛夢到天涯。遊子水邊宿（況兄北行計程已達淮浦），故人客裡家（二娛于臘月入都計程已到數日）。短吟憑驛寄，聊當折梅花。

謹庭弟陸恭近草

23.9×9.2cm

释文

夜雪寄怀二娱大兄录正并索和

坐久灯频剪，宵深衣渐加。余寒酿春雪，飞梦到天涯。游子水边宿，沅儿北行，计程已达淮浦。故人客里家。二娱于腊月入都，计程已到数日。短吟凭驿寄，聊当折梅花。

谨庭弟陆恭近草

秋日過

芳洲大兄齋中賦贈并正

半載不相見，那堪鬢各緐。生涯餘翰墨，粉本是關山。庭下秋荷發，階前露草閒。論書兼讀畫，儘年未知還。

謹庭弟恭草

24×14.2cm

释文

秋日过芳洲大兄斋中赋赠并正

半载不相见，那堪鬓各斑。生涯余翰墨，粉本是关山。庭下秋荷发，阶前露草闲。论书兼读画，停午未知还。

谨庭弟恭草

臨水數峯無限好，最宜雨後復雲中。今朝溪上移舟去，看到斜陽又不同。山居清課未全非，聽雨看山雲坐釣磯。送客夕陽還醉臥，又迎涼月入松扉。

題畫二首　散木居士草

23 × 17.5 cm

释文

临水数峰无限好，最宜雨后复云中。今朝溪上移舟去，看到残阳又不同。山居清课未全非，听水看（山）云坐钓矶。送客夕阳还醉卧，又迎凉月入松扉。

题画二首 散木居士草

奚冈（1746—1803）

初名钢，字铁生，一字纯章，号萝龛，别署鹤渚生、蒙泉外史、奚道士、野蝶子、散木居士，钱塘（今杭州）布衣。诗词超隽，而画尤擅长。山水潇洒清润，得董其昌法。花卉有恽寿平气韵，兰竹亦极超脱。钱泳《履园画学》：『近日杭人言书法者，必宗山舟（梁同书）；言画学者，必宗铁生（奚冈）。此亦一时好尚。』与方薰驰誉乾隆间，世称『奚方』。性耿介，漠视权贵，终生不仕，求画者非其人不予。刻印宗秦汉，与丁敬、黄易、庄仁齐名，号西泠四大家。并与陈豫钟、陈鸿寿、赵之琛、钱松合称『西泠八家』，为浙派印人之杰出者。有《冬花庵烬余稿》。

此为奚冈次韵和友人写景小诗二首，及题画诗二首。

释文

次筱岩韵春夜听雨

此夜听春雨，
初来枕上声。
庭阶侵竹乱，
窗纸飐灯明。
入市争高价，
行舟滞久晴。
泥融欣破块，
得句发农耕。

次韵对雪

地坼傍群植，
天寒雪易成。
晓扶花卧砌，
病止酒盈觥。
冻笋抽难出，
饥禽懒不鸣。
苍头翻得兴，
言向段桥行。

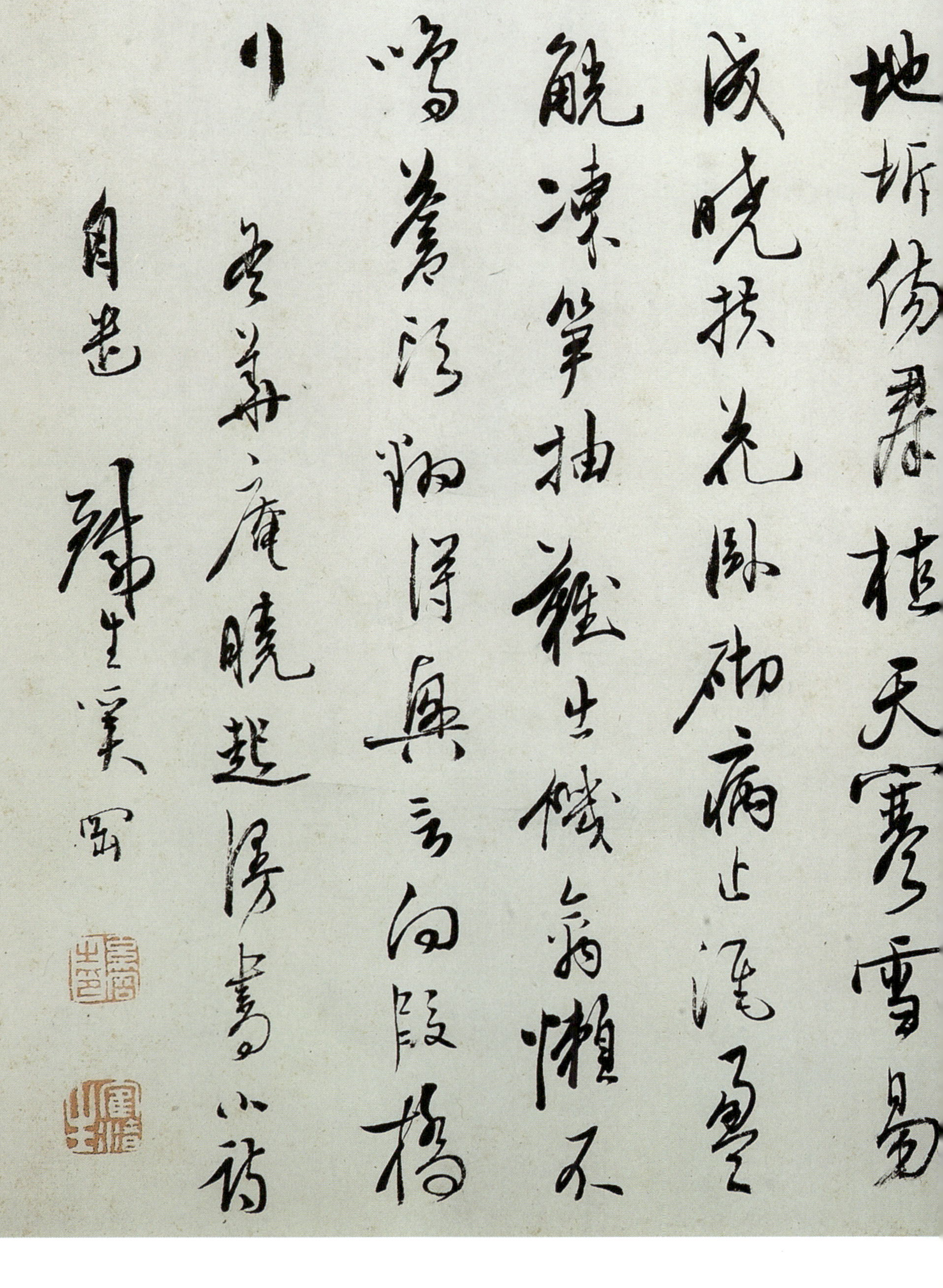

24.7×37.9cm

冬华庵晓起，漫书小诗自遣

铁生奚冈

涑水又西南屬於陂、分為二城南面兩陂左右澤渚東陂世謂之晉興澤東南二十五里南北八里南對鹽道山其西則石壁千尋東則磻谿萬仞方嶺雲迴奇峰霞舉孤標秀出罩絡羣山之表翠柏蔭峰清泉灌頂郭景純云世所謂鸞鷖也

吳錫麒

28.8×23cm

释文

涑水又西南属于陂，陂分为二城。南面两陂，左右泽渚。东陂，世谓之晋兴泽，东南二十五里，南北八里，南对盐道山，其西则石壁千寻，东则磻溪万仞。方岭云回，奇峰霞举，孤标秀出，罩络群山之表。翠柏荫峰，清泉灌顶，郭景纯云：世所谓鸯浆也。　吴锡麒

钤有黄遵宪『人境庐』印。

吴锡麒 1746—1818

字圣徵，号穀人，钱塘（今杭州）人。乾隆四十年（1775）进士，由编修累官国子监祭酒。工书法，尤善行、楷。尝主讲扬州安定、乐仪书院。善诗词，尤工骈体文，与邵齐焘、洪亮吉、刘星炜、袁枚、孙星衍、孔广森、曾燠并称「骈文八家」。吴鼒评其作：『不矜奇，不恃博，词必泽于经史，体必准乎古初……合汉魏六朝唐人为一炉冶之。』（《八家四六文钞》）所著《有正味斋集》，传诵甚广，高丽使至，不惜重价购买。

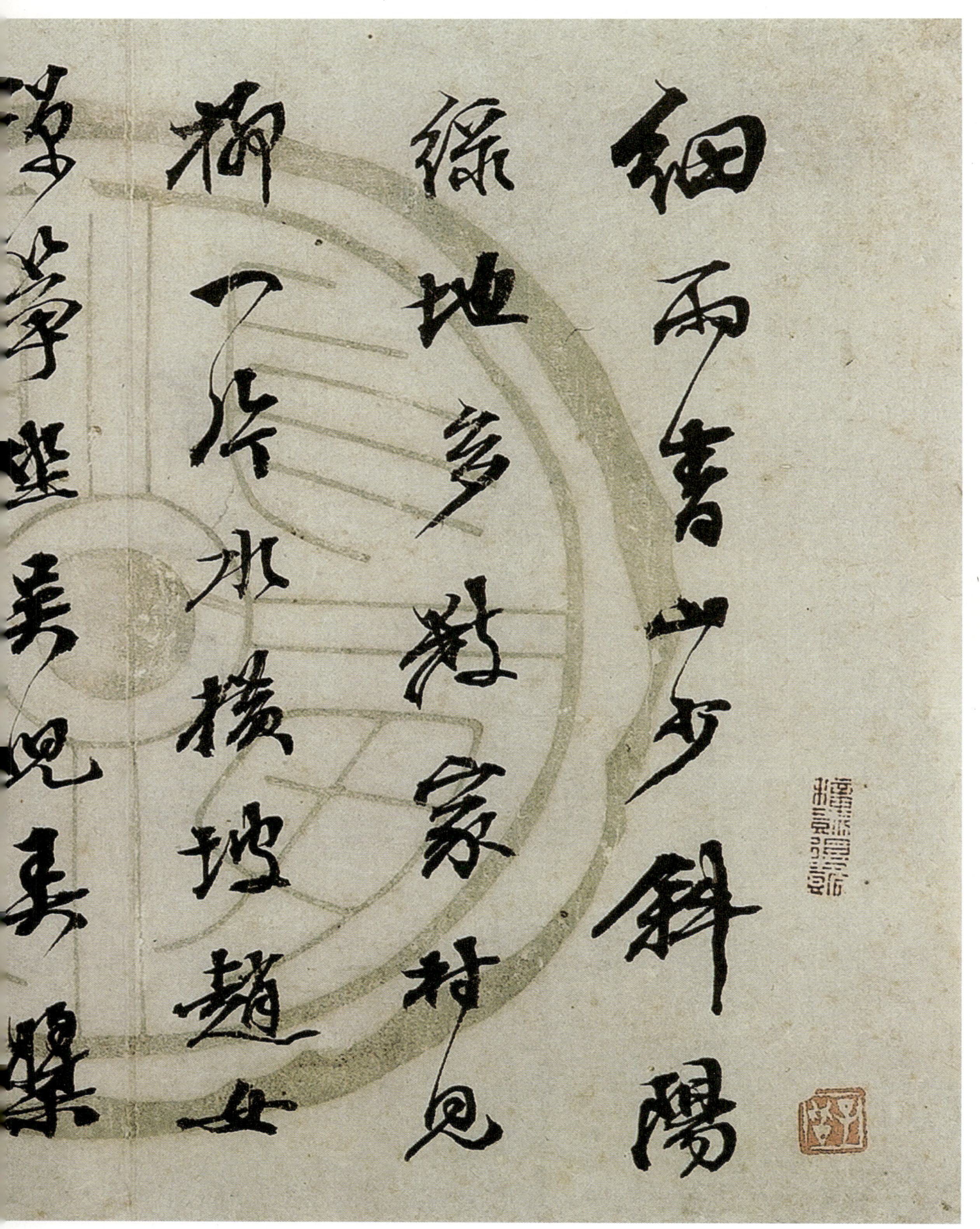

释文

细雨青山少，斜阳绿地多。数家村见柳，一片水横坡。赵女弹筝坐，吴儿弄桨过。茫茫南北路，车马带烟波。

晚宿张湾

少白十一弟正之　端光顿首

为费丹旭（子苕）藏物。

汪端光（1748–1826）

初名龙光，字剑潭，号睦丛，江苏仪征人。乾隆三十六年（1771）举人，授国子监学正，历广西百色同知、柳州平乐知府，官广西镇安府知府。工诗词，兼善书法。有《沙江集》《晚霞集》《才退集》等。

17.4×23.3cm

趙忠毅公鐵如意歌
鐵花繡澀生寒風誰其用者忠毅以銘辭二十有八字義類直與丹書同有牌煌ㄍ殿门東胡爲戍所埋

释文

赵忠毅公铁如意歌

铁花绣涩生寒风，谁其用者忠毅公。铭辞二十有八字，义类直与丹书同。有牌煌煌殿门东，胡为戍所埋孤忠。彼人黄袱持作券，灵芝六叶生狱中。如意虽一物，重是公名錾其上。犀杯玉杯世已无，对此怀贤意惆怅。

《诒晋斋集》（《清代诗文集汇编》第432册第52页）刊有此诗。

赵忠毅公铁如意歌　成亲王教作　阮元

赵忠毅公铁如意传世甚多，铭词、形制大略相同，而年款各异。其最古者，施念曾《宛雅》所载一柄，为神宗戊申春制，铭曰：『其钩无鑯，廉而不刿，以歌以舞，以弗若是利，维君子之器也。』此后历樊榭、韩其武、沈归愚所歌皆未识年月。若壬申制者，今在初颐园中丞处；天启壬戌张鳌春制者，在吾箧一处。天启癸亥制者，旧在陆丹叔侍郎处，今诒晋斋。此柄又为天启甲子，是当时所制非止一也。戊申之铭作『以弗是利』，『利』与『刿』、『器』为韵，馀者作『折』。或篆文相近，摹仿之讹与？或读『是』字为绝句，则『折』字又与下不属矣。

赵公老死不如意，公如如意国不坠。逆珰铸错满六州，三尺寒镠天所弃。
公引正士盈朝廷，在地为岳天为星。小人倒窃君子柄，二十六字空镂铭。
我读此铭重太息，银篆销磨铁花蚀。指挥曾见三君来，抨击能教四凶踣。
呜呼此器钩无铁，廉而不刿古所稀。天鉴搜罗出呈秀，搢绅点窜归广微。
呜呼此器以歌舞，中外忻忻望政府。清流终勒东林碑，戍骨几埋代州土。
呜呼此器以弗折，百炼精刚正臣节。一握难受妇竖权，六人甘死银铛铁。
公铭天启甲子年，是年十月公南迁。五更一星对残月，石砚与此同清坚。

忠毅公『东方未明』之砚铭曰：『残月晖晖，太白睒睒，鸡三号，更五点，此时拜疏击大奄，事成策汝功，否则同汝贬。』

摩挲金气动星文，太白归天夜睒睒。天不佑明使公贬，公贬乃将纵大奄。

持作券靈芝

六葉生獄中

如意雖一物

重是公名鑒

其上犀杯玉

杯世已無對此

懷賢意惆悵

23.2 × 30.8cm (3)

阮元《揅经室诗录》卷二，载《清代诗文集汇编》477册。此诗文标点据中华书局1993年版《揅经室集》第八二〇页。关于『赵忠毅公铁如意歌』甚多，阮元此歌乃为应成亲王诗而作，录此为证。

永瑆 1752—1823

号少厂，一号镜泉，别号诒晋斋主人。清高宗第十一子，乾隆五十四年（1789）封成亲王。家藏书画极富，工书，幼时握笔即波磔成文。博涉诸家，篆隶兼善，造诣极高。论者谓清朝自王若霖（澍）以下，一人而已。嘉庆九年上谕称：『朕兄成亲王，自幼精专书法，深得古人用笔之意，博涉诸家，兼工各体，数十年临池无间，近日朝臣文字之工书者，罕见其右。』当时颇享盛誉，与翁方纲、刘墉、铁保并称『翁刘成铁』。书迹合刻为《诒晋斋帖》。卒谥哲。有《诒晋斋集》。

后二诗为永瑆写景旧作，前诗借歌咏明末东林党重要人物赵南星之铁如意，赞美其刚正不阿、勇斗权阉的品格。（赵南星之铁如意上有铭辞云：『其钩无鑯，廉而不刿。以歌以舞，以弗若是利，维君子之器也。赵南星』实为二十六字）

一鴈翔寥廓繁星映琑徵山川雲不共容鬢鏡頻飛漢渚沈珠淚秦關隔玉輝梨花如昨夢坐久駐鑪霏

錄舊作月一首

释文

一雁翔寥廓，繁星映琑微。
山川云不共，容鬓镜频飞。
汉渚沉珠泪，秦关隔玉辉。
梨花如昨梦，坐久驻炉霏。

录旧作《月》一首

凉雨太狼籍，萧萧满目繁。
绿阴成瘦削，黄叶学飞翻。
想湿夜砧杵，遥连秋塞垣。
杜陵诗思处，正闭小蓬门。

载《诒晋斋集》，后一首诗名为『秋雨』。（《清代诗文集汇编》，第432册，18页）《月》共二首，此手迹录一首，同上，41页。

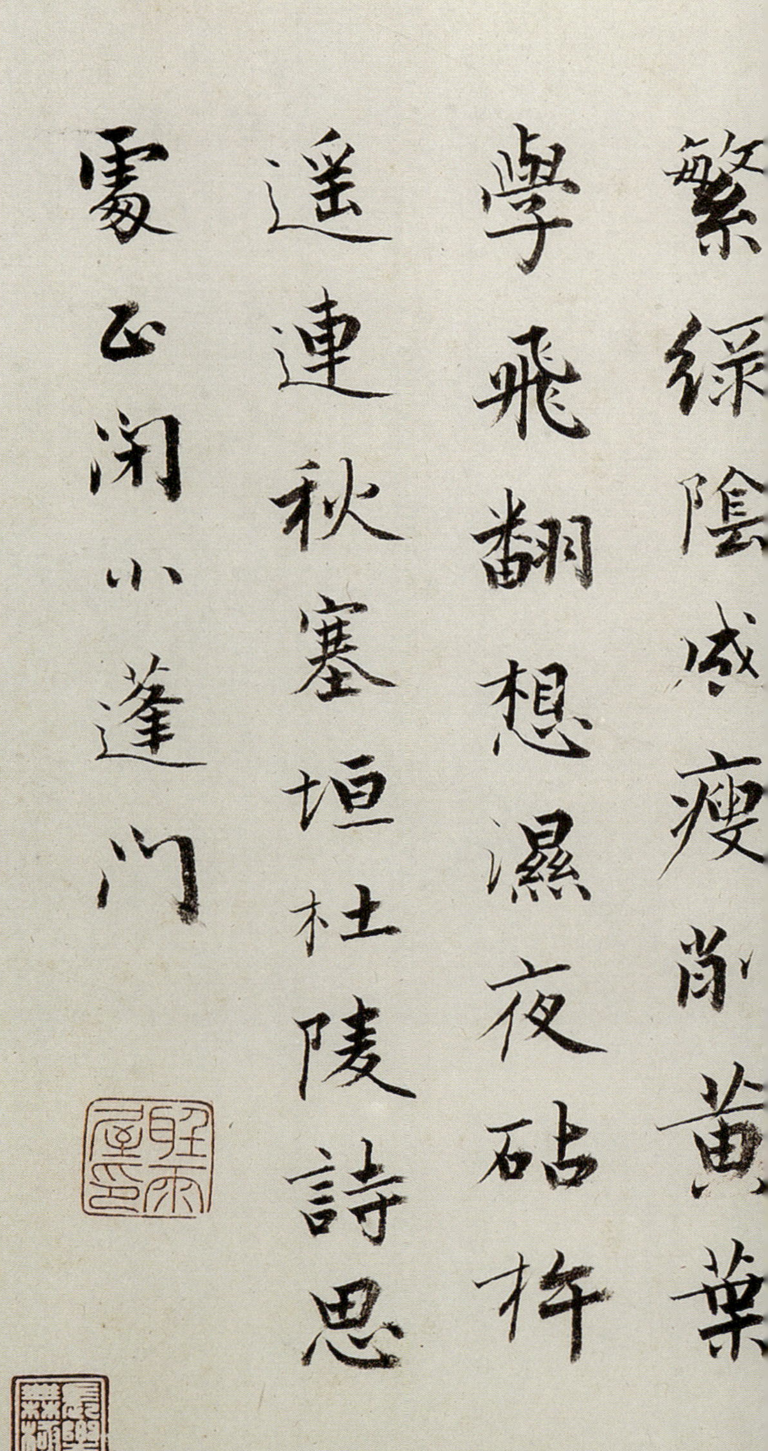
繁綠陰成瘦削黃葉
學飛翻想濕夜砧杵
遥連秋塞垣杜陵詩思
属正閑小蓬门

23.1 × 31 cm

22.8×23.7cm

孙星衍

【1753—1818】

字伯渊，又字渊如，号季逑，江苏阳湖人。乾隆五十二年（1787）一甲第二名进士，授编修，以骂和珅不留馆，改刑部主事，官至山东督粮道。少工词章，与同乡洪亮吉、黄仲则等齐名。后深究经史文字音训之学，旁及诸子百家。曾辑刊《平津馆丛书》《岱南阁丛书》，另有《尚书今古文注疏》《芳茂山人集》等。

释文

土花斑驳掩真朱，不在秦残亦汉馀。一代识君非冥漠，千秋得我是相如。浮名便抵腰悬绶，压卷新挑手订书。莫笑百年身似客，后来人爱倘因予。

长安得古印，文曰孙喜，与予小名合，口占一诗书奉

少白十一弟正之　星衍手稿（画押）

此札为费丹旭藏品。

謝振定字薌泉湖南湘鄉人乾隆庚子進士改監察御史降後官禮部主事

释文

汲修世子谢饴蒲桃诗，意在得种法。次韵答之以副下问老圃之意

宿根欲深苗欲稀，清明五日出土迟。祭猫瘗犬以时致，草龙游戏随指颐。删除繁冗爽籁集，匝旬璎珞垂高枝。葛囊锁护象文褓，坐令蜂雀隔重帷。溉之侵晨与昏暮，摘以筠笼倾漆匜。大珠小珠各风味，脆而不酸甘不饴。物情消息类如此，既多且有旨且时。为君尽输秘密藏，来年报我琼瑶诗。

玉松词林次汲修谢饴诗韵见示，仍叠前韵答之

蜜食克食古所稀，博望未采来何迟。兔睛无核异酸子，（绿葡萄一名兔睛，无核，此种是也。）曾从果谱占观颐。丁年卜宅剩嘉种，云自上苑抽孱枝。三时翦溉倍心力，独当西面张翠帷。终朝百禽肆馋吻，秋深落实不盈匜。今岁闲庭书大有，小摘带露餐琼饴。旧雨分甘共清味，绿珠乍脱

谢振定

（1753—1809）

字一之，号芗泉，湖南湘乡人。乾隆四十五年（1780）进士，历官江南道监察御史、兵科给事中。嘉庆初，怒烧和珅妾弟所乘违制车，人称『烧车御史』。和珅败，起授礼部主事，改员外郎。为官勤政兴业，廉洁奉公，深得百姓拥戴。能古文辞。有《知耻堂集》。

二诗描述种植葡萄等物的甘苦，为谢振定次韵酬答礼亲王昭梿赠诗所作。

21×13cm (3)

骊领时。凉州刺史岂吾愿，赚得风人与咏诗。

芗泉居士振定口占稿

释文

魏开府参军事崔府君墓志铭石在青州傅姓家，曲阜东野君敬修访得之，手拓十本携至京师。尽为叶东卿所有，是以拓本甚少。陈受笙先生来游邗上，出此见示，始得读其文。文云：君讳颇，尚书仆射贞烈公之孙，泾州使君第二子也。考崔亮谥贞烈，亮三子：士安、士和、士泰。士和以左丞行泾州事，所谓泾州使君即士和，则颇乃亮之孙、士和之子。颇早卒，行事不著，其详不可考矣。颇以东魏武定六年卒于邺下，迟至齐天保四年归窆本乡。阅四年之久者，岂因东西构难，国家多故，未遑反葬耶！名文冕作冤，美作芙，宦从穴，嗣从扁，皆乡壁虚造之字。予见北朝碑版大率类是，亦字体之一大变也。

甘泉江藩跋

江藩

（1761—1831）

字子屏，号郑堂，晚号节甫，江苏甘泉（今扬州）人。监生。受学于余萧客、江声，为惠栋的再传弟子。治经学专宗汉儒。尝受阮元聘为淮安丽正书院山长。性豪放，能走马夺槊，所作古文词亦豪迈雄俊。江藩将经学分为汉学、宋学两大派，实际宗汉抑宋，引起宋学派方宗树的论难。有《国朝汉学师承记》《国朝宋学渊源记》《尔雅小笺》《炳烛室杂文》等。

此为江藩记载其见北魏崔亮之孙崔頠之碑拓后，对崔頠身世的简短考证。

之久者豈因東西構難國家多故未遑反葬耶名文冕作冤美作芙宦从所嗣昆扁皆鄉壁虛造之字乎見北朝碑版大率類是亦字體之一大變也

甘泉江藩跋

23.9×40 cm

释文

御风人已去晴虚，更有蒙庄善著书。
化国三年游畏垒，浮生一笑在蘧庐。
惊回晓梦身犹蝶，悟到濠梁我亦鱼。
读罢南华无解说，半帘香雨落花初。庄周

滑稽独见古风存，楚孟秦旃敢并论。
三岁不鸣知大鸟，千金为寿笑操豚。
齐邦荐士收柴梗，魏国拜官返革门。
日暮酒阑芗泽发，几家堂上许留髡。淳于髡

群雄俯首尊秦帝，只有先生蹈海浔。
直以片言存九鼎，真堪一笑抵千金。
平原但喜兵锋解，垣衍空惊玉貌临。
不为邯郸为天下，当时谁识鲁连心。鲁仲连

侏儒饱死笑吾曹，金马门边待诏劳。
每以澹辞含谲谏，偏于客难见文豪。
来来试卜君王枣，往往容偷阿母桃。
他日建章重矫首，岁星依旧碧天高。东方朔

桐庐岂必胜云台，此足曾加帝腹来。
遂使世间无处著，只应江上有舟回。
君房买菜真痴绝，客座占星莫漫猜。
不是羊裘太矜傲，一朝风节要人开。严光

右咏史五首

鲍桂星

（1764—1824）

字双五，一字觉生，安徽歙县人。嘉庆四年（1799）进士。授编修，官至詹事府詹事、文渊阁直阁事。少从吴澹泉学诗古文，后师事姚鼐，诗古文皆有法。有《觉生诗钞》《咏史诗钞》等，又辑有《唐诗品》。

此为鲍桂星一组咏史诗及写景诗。

以澹辭含譎諫偏於客難見文豪來〻
試卜君王棗洼〻容偷阿母桃他日建章
重矯首歲星依舊碧天高 東方朔
桐廬豈必勝雲臺此足曾加帝腹來遂
使世間無處著只應江上有舟迴君房
買菜真癡絕客座占星莫漫猜不是
羊裘太矜傲一朝風節要人開 嚴光
右詠史五首

18.3×33.2cm

释文

濛濛水云合，淅淅茭菰响。系缆不逢人，前山月初上。隔浦生晚烟，苍翠被山足。落日孤舟行，迟迟出寒渌。舟行二首。雨馀山气清，日出林光澹。遥见卖鱼人，烟中方弛担。晚行 苍苍风竹暝，杳杳烟钟度。不分隔溪僧，带将山月去。(暝) 碧江红树晚萧萧，芦荻花中一叶飘。明月满船天在水，数声柔橹过枫桥。月夜过枫桥。春水初生卅六陂，扁舟晚泊露筋祠。疏烟细雨秦邮路，一树垂杨出酒旗。秦邮晚泊。画梁低处翠帏开，款语双双去复回。说尽相思春日暮，一钩新月入帘来。梁燕 饭罢僧厨日已斜，不知门外即西华。槐阴满地无人迹，自

18.3×34.3cm

缚松枝扫落花。新秋漫与。绿槐阴重压阑干，篱落风轻五月寒。游蚁过墙花满地，把君图画枕前看。题梦梦图绝句。

桂星未定草

顧蒓字希翰號吳羹又號南雅長洲人嘉慶壬戌翰林官通政使副使有無邪室集

同人集仁壽硯為韓桂舲大司寇題玉印入席賦詩因和其韻

春風忽挹來與我原是期萬物被胸一拂我之道遇之相遇便九日（是月六日立春）已厭章袠櫻

省之此良辰有酒留人語（癸用山谷句）客來自不速早脫塵網羈老子興不淺豈異年

少時何曾因一飽出之識者誰苟識味外味茶苦甘如飴我雖亦嘉蔬筍亨調宜念此饑饉正生

今草木衰（去年水災半天下今歲輔猶有食草根樹皮者）吾儕得溫飽何由聽呻吟安得一粒粟化作山須彌

深宮餘宵旰下民免瘡痍寧羊再開宴為君追庖犧（君於延中弟芸羊耀）

九日集興誠寺題能覺生前輩菡萏閣圖卷

按閣愜清曠時來叩禪關傑閣瞰平野高樹迷遠烟理道是非障心空書來緣試問根蒂司夢上方[illegible]

（寺以祀雲林著名）悠悠迴蓮香渢渢隆寒吹渾忘塵海喧無動滿湘無極目飲光[illegible]斯人悠惟悴我欲從從之白雲層

云祭　賴有素心人招邀赴佳節龍山會已邈鷲嶺緣可結丹楓兔不妍黃菊香自別崇因差殊異此懷誰共說

十二月十九日雪後李蘭卿侍讀招集小雪浪齋作東坡生日

人生壽者百年耳先生之壽無既極人之稱壽延宗親壽先生者為南北（[illegible]）祀

典不列代之邑文章忠義人心勤愷若神宗勤治理俊良登進超常格蓋[illegible]因其

玉石徐先生素直遺論請反情翻覆書章詆同氣雪就鍊魯直瓊樓玉宇剔高寒[illegible]

32.6 × 31 cm

顾莼

1765—1832

字希翰，一字吴羹，号南雅，晚号息庐，江苏吴县（今苏州）人。嘉庆七年（1802）进士，改翰林院庶吉士。散馆授编修。累官通政司副使。素持清议，屡疏言事。工诗文，晚年名益盛，有文坛耆宿之誉。兼善书画，书工楷法，师欧阳询。画不专一家，天真自然，不求妍妙而别饶风趣。有《和珅传》《南雅诗文钞》《滇南采风录》等。道光四年（1824），顾莼与韩崶、鲍桂星、李彦章等雅集，得唱和诗数首。又有追念翁方纲诗一首。次年正月以此书寄友人。

32.6 × 15 cm

释文

同人集仁寿砚斋，韩桂舲大司寇适至即入席赋诗，因和其韵

春风忽然来，与我原无期。万物被煦拂，我亦适遇之。相遇仅九日，（是月六日立春。）已厌重裘披。眷言此良辰，有酒留人嬉。（节用山谷句。）客来自不速，早脱尘绁羁。老子兴不浅，岂异年少时。何曾同一饱，此言识者谁。苟识味外味，荼苦甘如饴。我虽无嘉蔬，笋亨调宜。[①]念此饥馑区，坐令草木衰（去年水灾半天下，今畿辅外犹有食草根树皮者。）。吾侪得温饱，何由听呻吟。安得一粒粟，化作山须弥。深宫纾宵旰，下民免割移。宰羊再开宴，为君追庖牺。（君于筵臛中最赏羊。）

九日集兴诚寺题鲍觉生前辈蒹葭阁图卷

投闲惬清旷，时来叩禅关。杰阁瞰平野，高树迷远烟。理遣是非障，心空去来缘。试问槐根蚁，司梦今可还。（寺以龙爪槐著名。）悠悠迫迟暮，飒飒递寒吹。浑忘尘海喧，忽动潇湘思。极目乱飞蓬，斯人恐憔悴。我欲往从之，白云杳无际。赖有素心人，招邀赴佳节。龙山会已遥，鹫岭缘可结。丹枫色不妍，黄菊香自别。景同赏各异，此怀难共说。

十二月十九日雪后李兰卿侍读招集小雪浪斋作东坡生日

人生寿者百年耳，先生之寿无既极。人之称寿延宗亲，寿先生者遍南北。（曾宾谷、阮芸台两前辈闻皆有是会。）祀典不刊代亦遥，文章忠义人心勒。忆昔神宗勤治理，俊良登进超常格。薰莸同器玉石纷，先生秉直遭沦谪。交情翻覆尽章惇，同气云龙余鲁直。琼楼玉宇剧高寒，楚雨吴潮

写清寂。看人周礼误朝廷，闲寄法华皈帝释。命宫自信磨蝎缠，噩梦凭他鳖厮踢。各出死力巧相抵，乌知生气今犹昔。苏斋法弱今青莲，岁岁瓣香设几席。凌晨飞雪腊初谢，慰人渴望神俱适。盼雪已久，今交春才二日，犹腊雪也。恍遇当时淮泗间，春流积玉深盈尺。薝蔔无香散六花，来麦（年）有信迎三白。二句即公泗州雪诗。而今斯地苦漂泊，九千丈堤同一掷。波浪骄风神鬼号，宝庐阴火蛟龙宅。发仓开库恩自宽，水落泥淤路愁塞。雪多既恐增饿殍，雪少何由滋宿麦。天工亦有两难时，当路宜筹万全策。昔公处此何裕如，三板不沉无荡析。岂独远大称奇才，格天要有精诚积。斯人安得起九京，愿持畚插从兹役。

拜覃溪先生像，因怀洪介亭同年 介亭为先生弟子，工诗，敦古谊，今去世十二年矣。

文章讵止冠瀛洲，中外灵光日月留。门户凋零余一线，先生卒时仅余孤孙一人。蚍蜉毁誉总千秋。图中顾我仍青眼，世上何人共白头。得骨未能只面壁，曹溪宗派先生尝谓余曰：人诗与字皆有骨，能用工必能传后。以余不常见，时属介亭传语以策励之。余自甲戌后焚弃诗文不复作，即间作亦不存稿。然忆此拳拳之意，辄呼负之。让探幽。

余不作诗久矣。去岁忽得数首，录其半以奉

容台二兄大人正之

乙酉新正八日弟顾莼拜呈

注①原文稿缺一字。

九日同查篆仙先生登窑臺至陶然亭小憩

臺高千里碧天澄蘆荻蕭蕭露氣凝蒼有伊人居水沚（謂家鄉同學諸子）又悵長者上邛陵百年不少悲秋客一飯空如行腳僧看到菊花應更惜色香清似玉壺冰

登臨未與素心違舊酒痕留新客衣嵐翠西來人共醉蒹葭南去雁初飛九秋花竹藏僧寺萬里河山抱帝畿（今日同）遊齊放眼空亭且為駐斜暉

附錄縣帳和韻詩并題畫蘭竹贈鮑孟卿二首

羅幃垂處淡煙籠客思遲遲一枕中波引篁紋隨意綠夢牽花雨及春紅依人王粲才多愧下榻陳蕃味詩同回首江鄉櫻筍節何時重典薜蘿風

蘭風微與竹風并中有湘波一片明春到此君仍自淡芳緣竟體始能清古懷剛具詩書味楚客偏深沅澧情珍重也應遵史見莫教疎影怨秋檠

鶴慶未定稿

27.5 × 13.5cm (2)

顾鹤庆

（1766—1836）

字子余，号弢庵，丹徒（今江苏镇江）人。诸生。性潇洒，工诗文，善行草，好饮。为人狂放，安于守贫。宋人千岩万壑，无一笔不简，元人枯竹瘦石，无一笔不繁，顾皆得之。顾鹤庆善画柳，人称『顾驿柳』，与张崟并称『张松顾柳』，为丹徒派代表画家。诗有『京江七子』之目。有《弢庵集》。

前二诗为顾鹤庆与查淳纪游诗，后二诗为题画兰竹赠友人诗。

释文

九日同查篆仙先生登窑台，至陶然亭小憩

台高千里碧天澄，芦荻萧萧露气凝。旧有伊人居水沚，（谓家乡同学诸子。）又从长者上邱陵。百年不少悲秋客，一饭空如行脚僧。看到菊花应更惜，色香清似玉壶冰。

登临未与素心违，旧酒痕留新客衣。岚翠西来人共醉，蒹葭南去雁初飞。九秋花竹藏僧寺，万里河山抱帝畿。今日同游齐放眼，空亭且为驻斜晖。

附录县帐和韵诗，并题画兰竹赠鲍孟卿二首

罗帏垂处淡烟笼，客思迢迢一枕中。波引篁纹随意绿，梦牵花雨及春红。依人王粲才多愧，下榻陈蕃味许同。回首江乡樱笋节，何时重曳薜萝风。

兰风微与竹风并，中有湘波一片明。春到此君仍自淡，芳缘竟体始能清。古怀别具诗书味，楚客偏深沅澧情。珍重也应蓬艾见，莫教疏影怨秋声。

鹤庆未定稿

释文

呜呼！吾小米先生竟不得见耶！风雨满城，灵輀就道，贱以未获与执绋之役，奉此以当一哭。

渍墨研朱忍再论，青山何处哭吟魂。回思六七年前事，载满船书两到门。承两过笪里。负负樽前几首诗，觞余于水北楼，承屡索诗而未之应。招魂翻补左徒辞。秋风秋雨寒虫吊，知否挑灯洒泪时。

道光十七年丁酉八月二十八日

姻愚弟张廷济拜手

张廷济

[1768–1848]

原名汝林，字顺安，号叔未，一字说舟，又字作田，又号海岳庵门下弟子，晚号眉寿老人，浙江嘉兴人。嘉庆三年（1798）解元。应会试屡踬，遂绝意仕途，以图书金石自娱。工诗词，风格朴质，善用典故。精金石考据之学，尤擅长文物鉴赏，建『清仪阁』，自商周至近代，凡金石书画刻削髹饰之属，无不收藏，各系以诗。善书画，能篆隶，精行楷，初规摹钟、王，五十后出入颜、欧间，晚年兼法米芾，长于草隶，号为当世之冠。有《桂馨堂集》《清仪阁题跋》《清仪阁印谱及诗钞》《金石家书画集小传》《广印人传》等。

此为张廷济悼念姻亲钱塘汪远孙所作。

26.3 × 30.7 cm (3)

陳文述字雲伯

释文

赋得为他人作嫁衣裳七律四首

压残金丝蹙双蛾，惆怅心情问几多。珠衱五纹翻绣佩，罗（画）裙百裥褶回波。终年憔悴谁怜汝，午夜辛勤敢怨他。闻道绮罗人绝世，不知玉貌竟如何。一、蓬户生涯惯耐贫，剪刀牙尺度芳春。更番熨砧还防皱，细意裁缝不厌贫（频）。天上有星怜织女，宫中无地住针神，妆成竟日熏香坐，可是亲拈绣线人。二、一针一线一珠玑，素手拈来如

陈文述

（1771–1843）

原名文杰，字云伯，又字隽甫、退庵，号碧城外史、颐道居士、莲可居士等，浙江钱塘（今杭州）人。嘉庆五年（1800）举人，官江苏江都、常熟等县知县。有诗名，在京师与杨芳灿齐名，时称『杨陈』。早年诗工西昆体，晚年敛华就实，归于雅正。有《碧城仙馆诗钞》《颐道堂集》等。

四诗戏拟针线女子口吻，赋『为他人作嫁衣裳』之情事。

23×13.7cm（2）

入微。蜀锦明霞鱼缬细，吴绫白雪凤纹稀。同心双襻知长短，连理香襟讶是非。对镜背人还试著，轻身可称五铢衣。三、葳蕤空锁彩罗箱，斜日无言倚绣床。红晕为裁双蛱蝶，金针曾绣两鸳央。东家嫁女开妆阁，西舍迎亲启洞房。谁解天寒怜翠袖，小姑居处独无郎。

云伯戏稿

释文

玉堂飘渺隔三生，
尘梦磨人气早平。
判尾要留才子笔，
遨头难遣故乡情。
王卢心折当时体，
扬马魂惊异代名。
遥想巴童迎节舞，
新诗织遍锦官城。

自惭五十枉知非，
万里思亲却未归。
恼我征愁成夜锦，
望公雅爱到春晖。
中年解组心原苦，
远道移家计恐违。
萧鼓过门无意绪，
江湖流落老莱衣。

癸酉春中山堂露夜
寄怀松云前辈成都
即正　后学张问陶

张问陶

（1764—1814）

字仲治，又字乐祖，号船山，一号豸冠仙史、宝莲亭主、药庵退守、蜀山老猿、老船，四川遂宁人。乾隆五十五年（1790）进士。由检讨出为莱州知府。以忤上官，称病去职。侨寓吴门（今江苏苏州）。才情横溢，诗称一代名家，沉郁空灵，能自出新意。与赵翼、袁枚合称『乾嘉性灵派三大家』。书画亦胜。书法放野近米芾，写生纵逸近徐渭，不经意处皆有天趣。风致萧远，画猿、马、鹰、鸟等最得神俊。

前二诗为嘉庆十八年（1813），船山诗友李尧栋将调任四川成都府知府，船山五十岁有感，书此二诗寄赠。收录于《船山诗草补遗》，题为《闻李松云前辈调任成都寄怀有作》《曲径碍芳草》。

22.5 × 33 cm

释文

曲径碍芳草，疏枝容倦禽。松孤有云势，桐小亦琴心。箨早闻雷长，花曾冒雨寻。林中仙酒足，无暇作黄金。

逐队游蜂散午衙，数行蜗壳自成家。一蛙深坐怒何事，笑倒墙阴红蓼花。

翌廷二兄先生正之

丙寅三月船山张问陶

「瓯钵罗室珍藏」印。

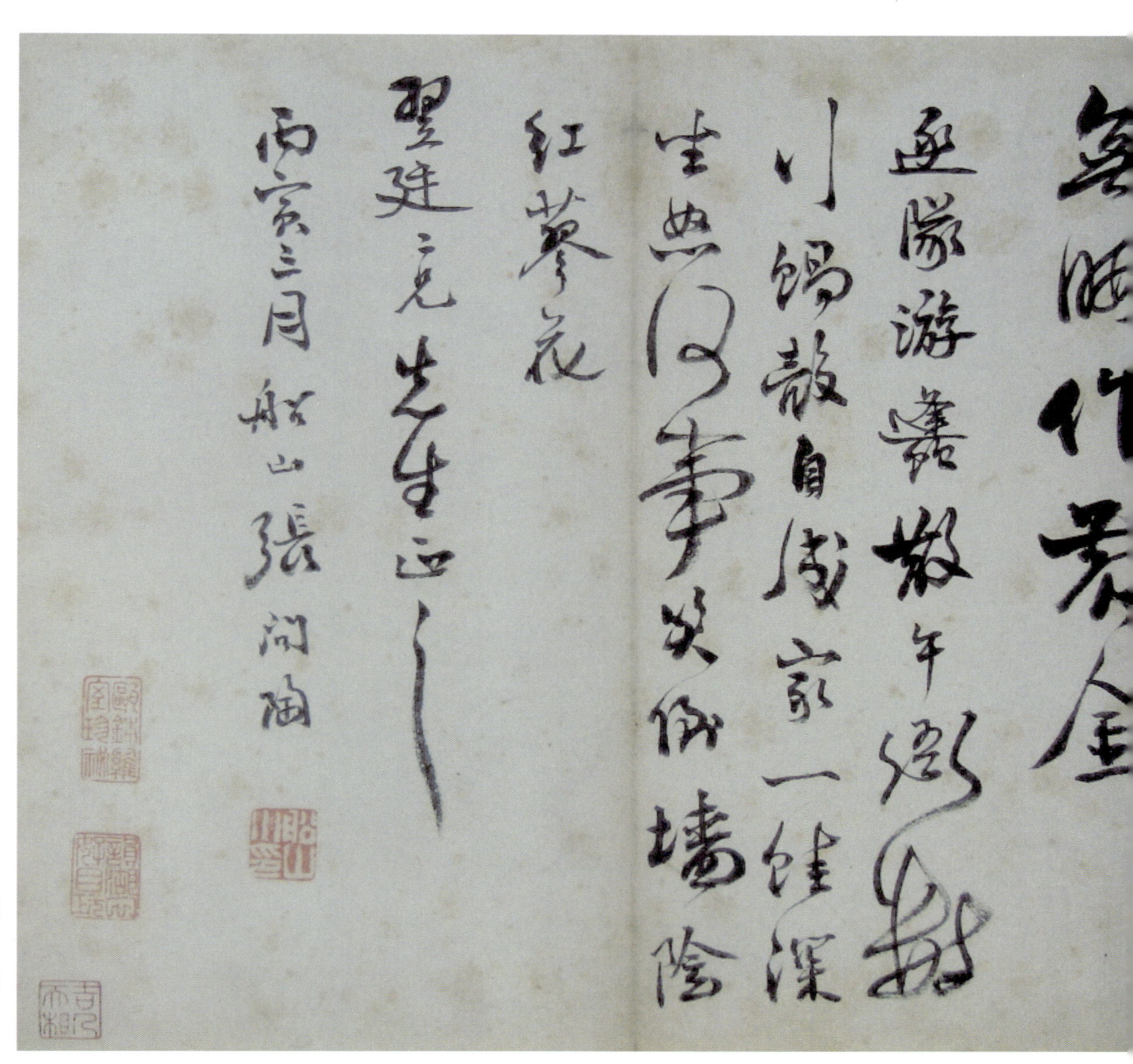

23.4 × 27 cm (2)

長河鱸魚出鰓肥，陸機蓴上雪霏霏。相逢郵館燒官燭，記與清談玉麈揮。

雙槳别從瀨水回，天涯難得共銜杯。乞端玉笛翻三弄，吹起離愁入座來。

才名難没卧雲身，裘馬翩翩踏軟塵。縱使來船倪閣陰，鑑湖雖好不宜民。

燕臺北望路千千，此去眉山得意便。後會未歟難遠别，從今絲竹悵離筵。

25.4×19.5cm

陈曼生（1768—1822）

本名陈鸿寿，字子恭，号曼生，老曼、曼寿、曼公，别称夹谷亭长、胥溪渔隐、种榆仙客、种榆道人，艺名昭显。浙江钱塘（今杭州）人，生活在乾隆、嘉庆年间。为『西泠八家』之一，著有《种榆仙馆摹印》《种榆仙馆集》《种榆仙馆印谱》《桑连理馆集》等。擅长古文辞，精于雕琢，以书法篆刻成名，其文学、书画、篆刻样样精通，才气过人。

释文

长泖鲈鱼出网肥，陆机茸上雪霏霏。相逢客馆烧官烛，记与清谈玉麈挥。

双桨刚从濑水来（回），天涯难得共衔杯。无端玉笛翻三弄，吹起离愁入座来。

才名难没卧云身，裘马翩翩踏软尘。纵使米船倪阁隐，鉴湖虽好不宜民。

燕台北望路千千，此去看山得意便。后会未期难遽别，从今丝竹忆彭宣。

涼蓬

鄣空火繖住高遮影落罘罳混繡錢

鄣篳光陰宜永晝齋紈身世歲流年

排風不遂垂簾卷睡雨起從小艇眠家

星晨光位罨霎綠紗窗戶搖炊煙

相逢露坐杜陵家已勝松毛翠密遮

恰愛一方涼月正雜窺井壁夕陽斜

臨衢白板逢觀社傍驛青旗記賣

茶四面清陰經過此帝將風物感

京華

孫爾準草

23.3×21.7cm

孙尔準

1772–1832

字平叔，一字莱甫，号戒庵，金匮（今江苏无锡）人。嘉庆十年（1805）进士，官至闽浙总督。曾解决彰化械斗事件，安定台湾民心。学问淹贯，善诗词，兼工书法，笔意似赵孟頫。谥文靖。有《泰云堂集》。

此二首咏物诗构思细致，巧妙地突出了凉篷的特点、功能与其所营造的意蕴。

释文

凉篷

障空火伞任高悬，影落罘罳混绮钱。蕲簟光阴宜永昼，齐纨身世感（共）流年。排风不逐重茆卷，听雨疑从小艇眠。最是晨光低罨处，绿纱窗户总如烟。

相逢露坐杜陵家，已胜松毛翠密遮。恰受一方凉月正，难窥半壁夕阳斜。临街白板逢观社，傍驿青旗记卖茶。四匝清阴终逊此，却将风物感京华。

孙尔準稿

29 × 39.6 cm

释文

澹园观菊题赠恩观察　符　己巳

野性癖花竹，所恨无闲缘。花中尤爱菊，赏其霜骨坚。丁年学艺植，佳苗亦骈繁。廿载驰官途，老圃霾荒烟。归里百事废，惟参枯木禅。幸我南邻翁，可称菊中仙。乔梓有深嗜，培养经百年。乘兴曳藤杖，径造东篱边。使我得周览，狂喜真如颠。昔我方髫龄，骑竹游澹园。高斋焕新题，今已无复县。忆八岁时曾从舅氏赓虞堂先生晋谒尊甫黼斋先生于澹园，见铁治亭尚书新题『清茶小话浊酒狂歌之馆』十字额，今已不复见。屈指已花甲一周矣。转瞬已花甲，高风尚依然。万花灿云锦，五色交相宣。孤标特秀妙，横枝倍清妍。紫苔古而润，翠叶明且鲜。徘徊溯前游，历历如眼前。缠绵述往事，郑重征新篇。长歌归去来，无愧渊明贤。

慧宽上人病中约看菊花，以病不果往，拈此寄之　陆放翁诗『贫坚志士节，病长高人情』。庚午。

高人因（偶）病高情长，我病因循负菊花。寄语闲黎（汤休）善培养，迟予深雪赏山茶。

七儿廷杰以瓶菊为供，为赋此诗

秋色澹益好，晚香幽倍清。半瓶寒水碧，数点晓霞明。嘉（赖）汝殷勤献（添幽致），增吾感慨（怜渠太瘦）生。南邻富奇种，回首（怊怅）冷前盟。

崇恩

觉罗氏，字仰之，号雨舲，一作敔舲，别号香南居士，亦称语铃道人，满洲正蓝旗人。生卒年不详。由廪贡生官至山东巡抚。工书，法苏轼。画山水，出入宋、元诸名家，撷其精华，故能超轶凡近。收藏旧拓碑帖极富，精于鉴别。善诗，咸丰时有《宣城见梅图》。

此为崇恩因赏菊事赠友人诗。

29 × 26.6 cm

里句书呈

春宇四兄方家郢政并希和之

庚午十月八日敔翁崇恩具草

释文

赤壁偎从游，余有从游赤壁图。临江万里流。
坡仙不可见，明月迥生愁。
此夜金山泊，曾闻玉带留。
梦中如得遇，跨鹤古扬州。

十四日夜泊金山下，和陈简庄韵

最是月圆今第一，江南江北
隔乡看。姮娥体贴离人意，
故遣浓云闭广寒。

元夜无月，在扬州作

顾尊

海宁人。与钱大昕、王念孙等往来，阮元称其为浙中经学最深之士，藏书甚富。上款陈简庄为陈鳣（1753—1817）。

最是月圓今第一江南江北隔鄉看姮娥體貼離人意故遣濃雲閉廣寒

元夜無月在揚州作

19.6×25.9cm

呵凍寫玉梅香氣落滿紙何地無名花
而我獨愛此此花亦何知所遭照彼美彼美
點首時琴書共几花光映曉日映花影
花相倚一朝秋忽至悵望江路永見君歌
可期見花聊自喜花落會有期時此情
良不已續之花箋中璆重瓊瑤比一片
江南春与我共行以他時會吳門蓬島出
芳蘂以芳園千萬株數道花開矣

梅如縷今花正落要而故人之情不可忘也因畫瘦梅
圖一幅贈人分體作詩以美人之贈為韻余得五言古體
美字時十一月大雪舟泊稽家灣
吳嘉有親舊史静波先生主人敬璩筵稿舟中花述清
言詩先送魏服童不雇情而情依依蘇童璩華贈
此詩為素借錢別時所作因紙有餘地復書之

顧蓴

19.6×26.2cm

释文

呵冻写玉梅，香气落满纸。何地无名花，而我独恋此。此花亦何知，所重贻彼美。彼美聚首时，琴书共棐几。花光（映）晓相映，花影夜相倚。一朝袂忽分，怅望江头水。见君那可期，见花聊自喜。花落会有（期）时，此情良不（止）已。绘之藏箧中，珍重琼瑶比。一片江南春，与我共行止。他时会吴门，还当出（芳）举似。芳园千万株，报道花开矣。

十日暮至渔隐小圃，袁寿偕饯于浒关，折园中梅为赠。今花已落尽，而故人之情不可忘也。因画赠梅图一幅，同人分体作诗，以美人之贻为韵。余得五言古，限美字。时十八日，大雪，舟泊稽家闸

兴豪月影高，更静波光定。主人敞琼筵，移身出花径。清言路忘遥，熟睡童不应。惜别情依依，珍重瑶华赠。

此诗为寿偕饯别时所作。因纸有余地，复书之。

李遇孫，字金瀾，浙江嘉興人，官明經

追陪躡徧翠芙蓉，今歲春光分外濃。纔別經年欲把盞（予去年三月晤硯齋於吳門），忽來此地共拖笻。鶯花領略新詩就，金石因緣舊雨逢（謂殊未）。古寺果然饒幽趣，猶餘竹逕一聲鐘（興福寺即唐破山寺，見常建詩）。

己卯二月廿一日，試笠耕觀察招同耕禾先生及孫柳君、朱酉生兩茂才，嚴芑孫、沙立甫兩上舍游虞山興福寺，即席賦此，錄請削政。

金瀾弟李遇孫拜稿

22.5×12.2cm

李遇孙

字庆伯，号金澜，浙江嘉兴人。生卒年不详，约嘉庆中在世。优贡生，官处州府训导。工诗古文辞，通经史，嗜金石。著《括苍金石志》以补阮元《两浙金石志》之遗。另有《尚书隶古定释文》《金石学录》《芝省斋碑录》《古文苑拾遗》等。此为嘉庆二十四年（1819）李遇孙与斌良、张廷济等友人游虞山兴福寺时所作。

释文

迢陪蹋遍翠芙蓉，今岁春光分外浓。才别经年欣把盏，予去年三月晤观察于吴门 忽来此地共施筇。莺花领略新诗就，金石因缘旧雨逢。谓叔未 古寺果然饶幽趣，犹余竹径一声钟。兴福寺即唐破山寺，见常建诗

己卯二月廿一日斌笠耕观察招同

叔未先生及孙柳君、朱卣生两茂才，严芷衫、沙立甫两

上舍游虞山兴福寺，即席赋此，录请削政

金澜弟李遇孙拜稿

無數漁磯繞柳陰，時僮只自隔溪深。

對玄悄聽玲瓏唱，韻借愁爲按拍吟。

研齋座間示所得四章，纏綿悱惻，罷爲之悵然。

極望凌兢犯子步天

然雕飾，惠連心靈，相未必成知己，開先

手標韻好音。用小杜晚晴賦意

蓮華次書望亭詞稿呈

雅誨

簡田侍祝塑

貽經仿古

23.7×15.6cm

祝堃

字简田，顺天大兴籍，浙江海宁人。乾隆四十六年（1781）进士，散馆授编修。曾参与编修《四库全书》。

此诗为与友人酬唱诗。

释文

无数渔矶鹚柳阴，游鯈只自隔潜深。对花怕听玲珑唱，触绪愁为捉搦吟。研斋座间示悼婢四章，缠绵凄丽，为之怃然。极望凌兢妃子步，天然雕饰惠连心。灵均未必成知己，闲客丰标嗣好音。用小杜《晚晴赋》意。

莲华次书望亭韵录呈雅诲

简田侍祝堃

释文

治行方惭大小冯，清才敢诩昔贤同。瓣香差幸龙门近，独许词场继国风。

绝顶毗庐欲到难，妙华只在大云端。竹风梧雨虚窗晓，一种根因悟法兰。

丁丑五月

覃溪太夫子见评拙诗，并以所题《灯窗梧竹图》二诗见示，谨次原韵奉答，即祈诲政

门人叶绍本拜手

叶绍本（?—1793）

字立人，一字仁甫，号筠潭，浙江归安（今湖州）人。嘉庆六年（1801）进士，改庶吉士，授编修，历官福建学政、山西布政使、山东布政使，降鸿胪寺卿。师从钱大昕，反对钱谦益之诗论。为诗不事险怪绮靡，以雄深雅健为宗，故能力追大家，气象宏博。有《白鹤山房诗钞》。此为翁方纲品评叶诗，并示叶以自己所作《灯窗梧竹图》二诗之后，叶绍本次韵奉答所作。

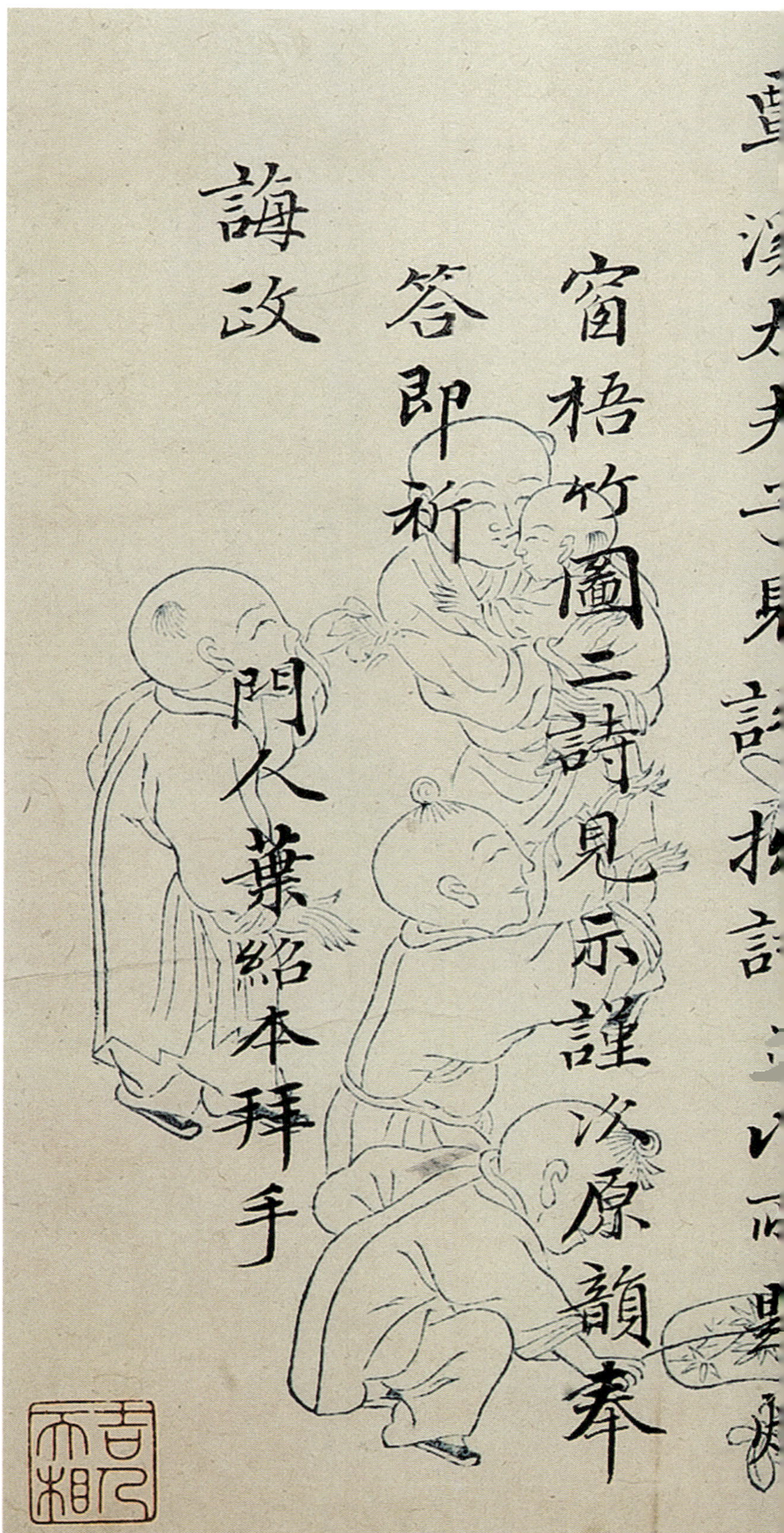

17.4×22.4cm

释文

病余闲阁枯坐，喜紫淀、季笺二翁远归见过，拉至炉头小饮述怀。

日日空斋检药囊，山妻别后欠商量。天涯老友存三四，霜下哀鸿听几行。寂寂闭门诸祖梦，寥寥风雅一炉香。多生习气渐销歇，犹向君家数举觞。

弟临草

佚名

20.6×42.4cm

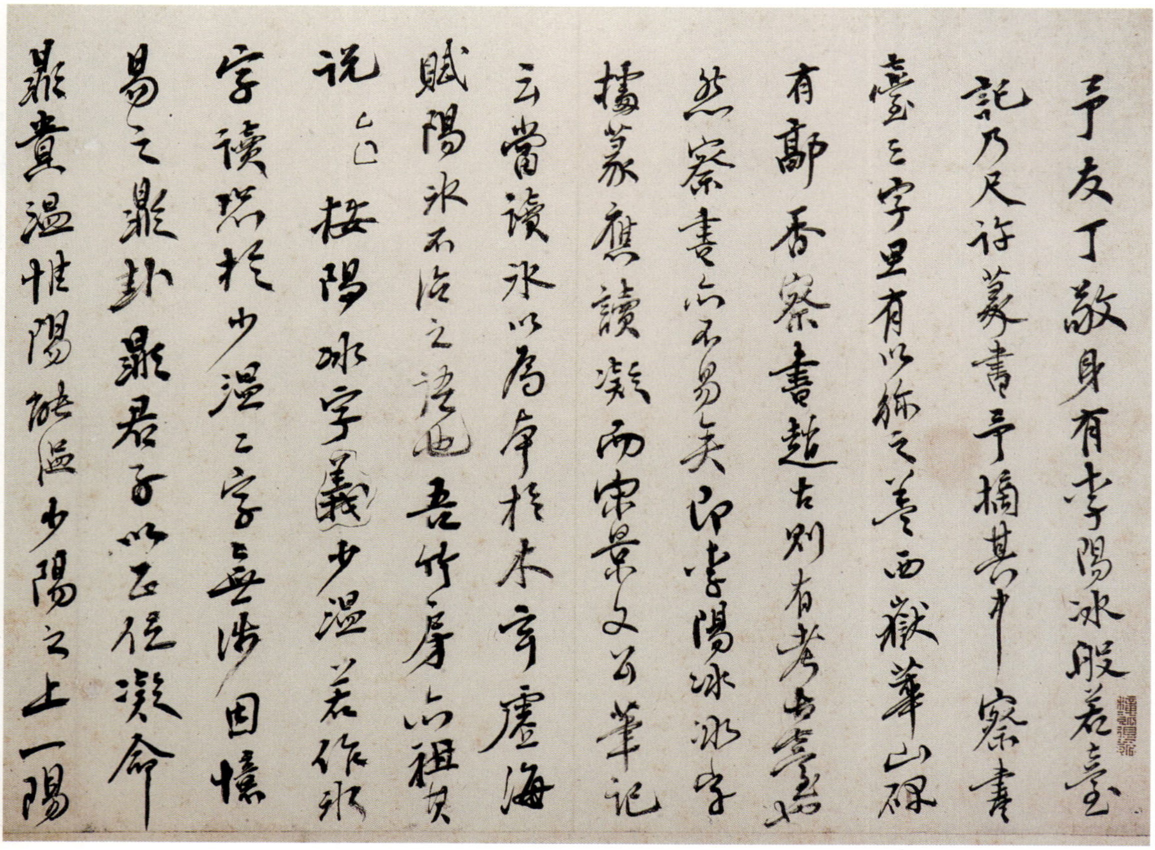

22.8×30.8cm

释文

予友丁敬身有李阳冰《般若台记》，乃尺许篆书。予摘其中『察书台』三字，思有以称之。盖西岳华山碑有鄗香察书，赵古则有考古台也。然察书亦不易矣。即李阳冰『冰』字据篆应读凝。而《宋景文公笔记》云当读冰，以为本于木玄虚《海赋》『阳冰不治』之语也。吾竹房亦祖其说。按：阳冰字（义）少温，若作冰字读，恐于少温二字无涉。因忆《易》之鼎卦：鼎，君子以正位凝命。鼎贵温，惟阳能温。少阳之上一阳则为☴（巽），少阴之上生一阳则为☲（离）。此卦下巽上离，（及）故其象为木，上有火字。况李姓从木，名以阳凝，字以少温，义取诸此。而吾竹房既误以李潮为阳冰，又讥其工篆书而忽于六书，徐锴尝引《说文》以刊其误。即生平偶有误笔，何至自署其名而亦误耶。

丁敬身为浙派篆刻创始人。汪启淑《飞鸿堂印人传》卷三，有丁敬身传（《赖古堂印人传、飞鸿堂印人传》，华东师范大学出版社，2009年，109页）。

佚名

22.8 × 27.3 cm

二、桂舲上款诗稿

释文

忆昔逢君十五六，共羡人如温润玉。
明经名达天子廷，试以吏才教折狱。
看君翔步白云司，我亦随行到凤池。
禅院曾吟小秋句，书堂记和短檠诗。
我认沧江庚蟀改，君旋撢巡南至海。
但觉珠从合浦归，不闻石向端溪采。
燕泥又认旧巢痕，风雨时将往事论。
自悔知非当岁晚，早输强仕已官尊。
商量出处词珍重，庭闱各有灵椿奉。
努力君为养志人，灰心我作还乡梦。
无忘频寄日边书，准拟扁舟返敝庐。
便趁春风依讲席，相邀阳美买田居。
时尊甫旭亭先生方主讲蜀山 丁巳八月
桂舲二兄四十初度，诗以侑觞，并乞是正
弟赵怀玉拜稿

赵怀玉

（1747—1823）

字亿孙，号味辛，一号牧庵，江苏武进人。乾隆四十五年（1780）举人，官山东青州府海防同知，署登州知府。主通州、石港讲席，工古文词，诗与同里孙星衍、洪亮吉、黄景仁齐名，时称『孙洪黄赵』。工书法，宗米芾、苏轼，字体雅健，著称于时。有《亦有生斋集》。

28.3×43.7cm

释文

清誉绮岁郁云蒸，四十犹堪逐五陵。铜柱炎天归汉节，粉闹凉夜伴秋灯。剧怜对榻怀苏轼，喆兄听秋先生方客津门。孰许同舟接李膺。我愿年年紫芝曲，桂花香里醉菩腾。

桂龄仁弟曹长四十初度，诗以寿之。即求教政　嘉庆丁巳仲秋伊秉绶拜草

伊秉绶

（1754—1815）

字组似，号墨卿，人又称伊汀洲，福建宁化人。乾隆五十四年（1789）进士，官惠州、扬州知府，历署河库道、盐运使。工诗古文，力持风雅。精于书法，曾师从刘墉；兼工篆刻，所用印皆自制。其书似李东阳，尤擅篆隶，劲秀古媚，在清季书坛独树一帜。其行书以隶法为之，篆籀金石气溢于字里行间。与邓石如并称『南伊北邓』，又与桂馥齐名。赵光《退庵随笔》谓：『伊墨卿、桂未谷出，始遥接汉隶真传。墨卿能脱汉隶而大之，愈大愈壮。』有《留春草堂诗》《坊表录》《修齐正论》。

28.3×43.3cm

释文

贵胄多才子，郎官等列仙。
曾于总角岁，共赋采芹篇。
得路青霞上，登坛赤帜搴。
策同庚信射，鞭让祖生先。
北阙承恩日，西曹筮仕年。
持平今定国，迈种古庭坚。
荐剡廷评协，签名帝简专。
花骢庚岭外，绣豸粤江边。
惠政甘棠蔽，哀吟陟屺传。
望云吴苑树，载石郁林船。
孝子怀风木，贫官虑粥饘。
车驱秦陇雪，帆挂楚湘烟。
歧路才分手，归朝又比肩。
半生兰契密，四秩鹤筹绵。
初过中秋节，爰开介祉筵。
寿星方在次，卿月正逢弦。
群美田荆茂，端知窦桂联。
椿庭犹洁养，鸿案亦齐贤。
钧乐笙簧奏，雄文黼黻宣。

石韫玉

1756—1837

字执如，一字琢如，号琢堂，又号竹堂，别署竹堂居士、花韵庵主人，晚号独学老人，吴县（今江苏苏州）人。乾隆五十五年（1790）状元，官山东按察使。工诗善书，尤工隶书，兼擅古文。偶治印，间亦作画。亦擅作剧，著《伏生授经》《罗敷采桑》《桃叶渡江》《桃源渔父》《梅妃作赋》《乐天开阁》《贾岛祭诗》《琴操参禅》《对山救友》等杂剧九种，皆据历史故事敷衍而成，统称《花间九奏》。另有传奇《红楼梦》一卷，计十出，署花韵庵主。有《独学庐诗文集》。

此排律为贺韩葑四十寿辰而作。

鼒純嘏錫由天
桂舲二兄与余總角交二十年來蹤跡合離無定
而情好無間茲以八月為四十 榮壽都門
士夫相與作為詩歌以申祝嘏之意余雖無文
誼不可闕因賦長律二十韵述往昔之情祈方
來之慶而已愚弟石韞玉拜手呈藁

28.5×43.2cm

真储台鼎器，纯嘏锡由天。

桂舲二兄与余总角交，二十年来，踪迹合离无定，而情好无间。兹以八月为四十荣寿，都门士夫相与作为诗歌，以申祝嘏之意。余虽无文，谊不可阙。因赋长律二十韵，述往昔之情，祈方来之庆而已。

愚弟石韫玉拜手呈稿

三、玉水上款诗稿

释文

天意怜吾辈，
人言竟不然。
那知相见始，
直比再生年。
先时有传其死者。会少疑多
积，才难爱易伪。
赏心欲无语，
秉烛认华颠。
知己天涯在，
悲歌奉不情。
云山殊跌宕，
风雪又纵横。
树立忧时晚，
浮游望贼平。
与君皆有母，
未取去来轻。

赠家兰雪旧作
书呈玉水仁弟两正

吴鼒

吴鼒（1755—1821）

字及之，一字山尊，号抑庵，一作仰庵，又号南禺山樵，晚号达园，安徽全椒（今滁县）人。嘉庆四年（1799）进士，官侍讲学士。以母老告归，主讲扬州书院。工骈体文，诗宗韩孟皮陆，善五言长古。长于书画，书有虞世南、褚遂良之俊逸，画具黄山谷之神韵。其花卉笔意清挺，近陈淳，山水学王原祁，兼工人物。有《吴学士集》《百萼红词》等。

此为吴鼒赠吴嵩梁诗。

22.4×26.6cm

释文

万株香雪护盘陀，眼底团栾春气多。悟得华严真境界，小留幻影示娑婆。何处微参不二禅，试从无极问先天。画图一幅诗千首，谈色谈空总偶然。

题兰圃小照二绝

玉水仁弟正之

熊方受

熊方受

（1762—1825）

字介兹，号梦庵，广西永康（今属扶绥县）人。乾隆五十五年（1790）进士，授检讨。改刑部主事，官至山东兖沂曹济兵备道。因事见劾，主讲扬州书院，与谢坤友善。书法在董其昌、笪重光之间。喜用浓墨，直透纸背，装潢后精神愈出。能诗文，有《偶园草》。

此为熊方受赠友人题画诗。

22.4×26.6cm

释文

人才有数总天生，
未必争名便得名。
却被转轮王看破，
蔡邕前世即张衡。
堕地先营避债台，
青蚨那肯逼人来。
冥司偏是谀张说，
三十红炉铸横财。

张平子　张燕公

玉水一笑　张问陶

此诗收录于《船山诗草补遗》。

张问陶【1764—1814】

字仲冶，又字乐祖，号船山，一号豸冠仙史、宝莲亭主、药庵退守、蜀山老猿、老船，四川遂宁人。乾隆五十五年（1790）进士。由检讨出为莱州知府。以忤上官，称病去职。侨寓吴门（今江苏苏州）。才情横溢，诗称一代名家，沉郁空灵，能自出新意。与赵翼、袁枚合称『乾嘉性灵派三大家』。书画亦胜。书法放野近米芾，写生纵逸近徐渭，不经意处皆有天趣。风致萧远，画猿、马、鹰、鸟等最得神俊。

前二诗为嘉庆十八年（1813），船山诗友李尧栋将调任四川成都府知府，船山五十岁有感，书此二诗寄赠。二诗收录于《船山诗草补遗》，题为《闻李松云前辈调任成都寄怀有作》。『人才有数总天生』诗咏东汉张衡及初唐张说，『曲迳碍芳草』二诗写景，皆为赠友人诗。

22.4 × 26.6cm

汪庚字工章號艾塘江南全椒人嘉慶辛酉進士散館授編修

長缾微臥已積然應送雷
聲到枕邊狂雨破泥催
種麥薄寒侵被勸裝
綿不堪愁緒當秋盡

释文

长瓶微卧已积然，
应送雷声到枕边。
狂雨破泥催种麦，
薄寒侵被劝装绵。
不堪愁绪当秋尽，
况复离心在雁前。
拼把海棠花事了，
漏深无计可安眠。

九月廿七日狂雨作
应玉水仁兄属即正
汪庚

汪庚

字工章，号艾塘，安徽全椒人。嘉庆六年（1801）进士。授散馆编修。

此为与友人的酬唱诗。

海棠花事了漏深無計
可安眠
玉水仁兄屬即正
汪庚

22.5 × 26.3 cm

眼福忽兹作快哉神亦清收藏有奇賞風雅定真許展卷瞻前輩況险憶伯兄得讀家艾塘兄秋雨詩一首何緣親翰墨使我一心傾

玉水先生命題即請
槼誨

汪午呈藁

22.5×13cm

汪午

清人汪庚族弟。此为应友人之嘱所作，诗中所指《秋雨》即前汪庚诗。

释文

眼福忽然作，快哉神亦清。收藏有奇赏，风雅定真评。展卷瞻前辈，沉吟忆伯兄。得读家艾塘兄秋雨诗一首。何缘亲翰墨，使我一心倾。

玉水先生命题即请

矩诲

汪午呈稿

朱桓御魯從曾孫字觀玉號芝圃廣西臨桂人乾隆癸丑進士散館授檢討出雇兵備道

释文

访胜康山下，
当年忆武功。
佯狂寄醽醁，
古道照崆峒。
花底真忘我，
尊中不负公。花底朝朝醉，人间事事忙。对山词句也。
千秋论知己，
管鲍谊何隆。康山咏古。
何处奔腾下，
居然天上来。
岸云排海岳，
沙浪走风雷。
鲁卫中流界，
东南一气开。
此时看放棹，
都认泛槎回。渡黄河。

玉水大兄粲正

芝圃朱桓

朱桓

字海谷，一字骇谷，号芝圃，广西临桂人。乾隆解元。工书，书学二王，有明人遗意。偶写兰竹，亦古劲多姿。有《自适吟草》。此为书赠友人的纪游诗。

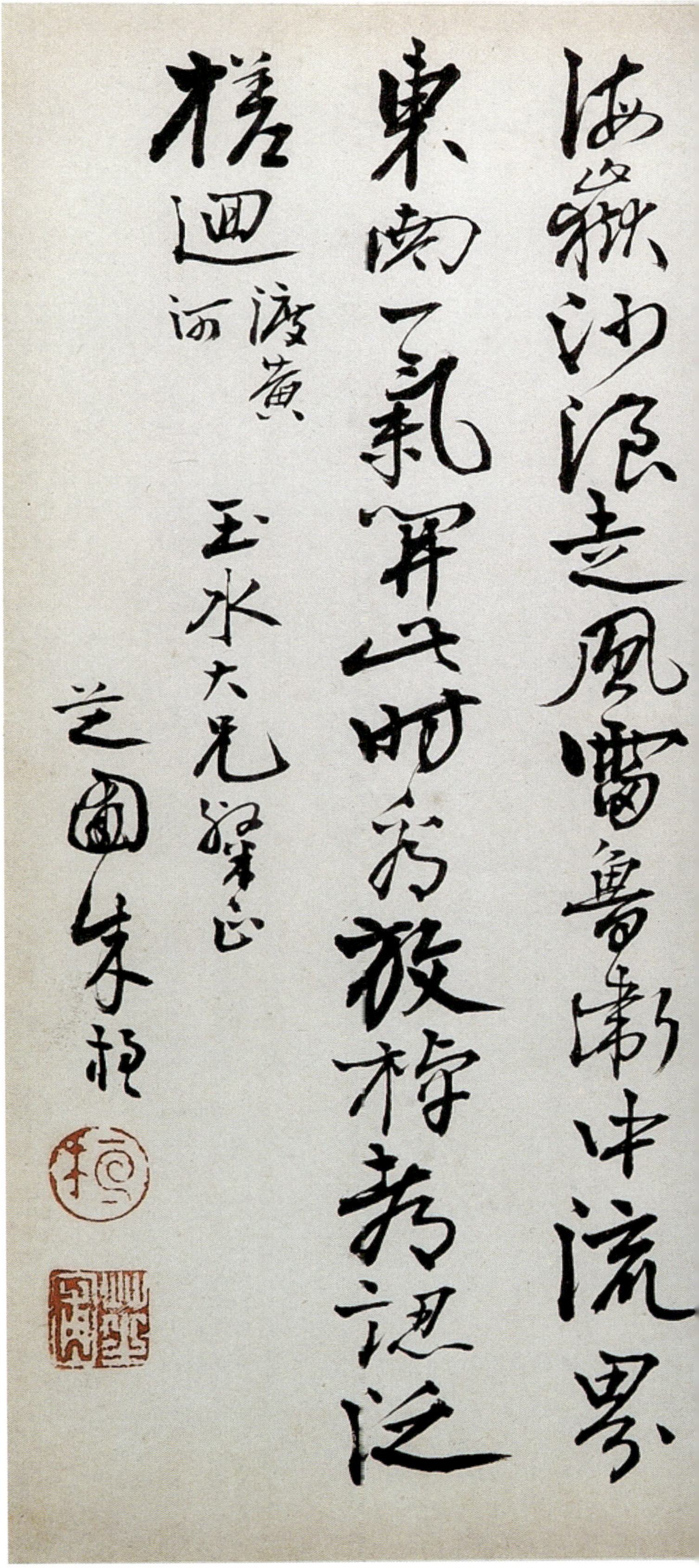

22.4×26.5cm

释文

归云去不极，
落日起松涛。
海阔三山壮，
天空一羽高。
瑶台在何许，
珠树偶翔翱。
试倚回风听，
仙音在九皋。在何，在字作游。

题友人放鹤图小照

满天欲雪不肯雪，
数稜山骨苍如铁。
诗人归去夕阳残，
古木幽高只清绝。
山人从此得诗心，
诗在前山第几岑。
即今欲共骑驴去，
南望河梁一水深。

题红药山人画

吴荣光

（1773—1843）

字荷屋，号伯荣。晚号石云山人，广东南海（今广州）人。嘉庆四年（1799）进士，授编修。迁监察御史，历官湖南巡抚，兼署湖广总督，坐事降调福建布政使，以原品休致。从学阮元，从阮家得见珍贵书画文物，因而精研碑帖拓本。善书画，精金石。晚年罢官，筑『赐书楼』，编《辛丑销夏记》载录自藏及借观的法帖书画。康有为曾评其为：『吾粤吴荷屋中丞，帖学名家，其书为吾粤冠。』有《筠清馆金石录》《吾学录》《历代名人年谱》《石云山人集》等。

此为吴荣光二首题画诗，书赠友人。

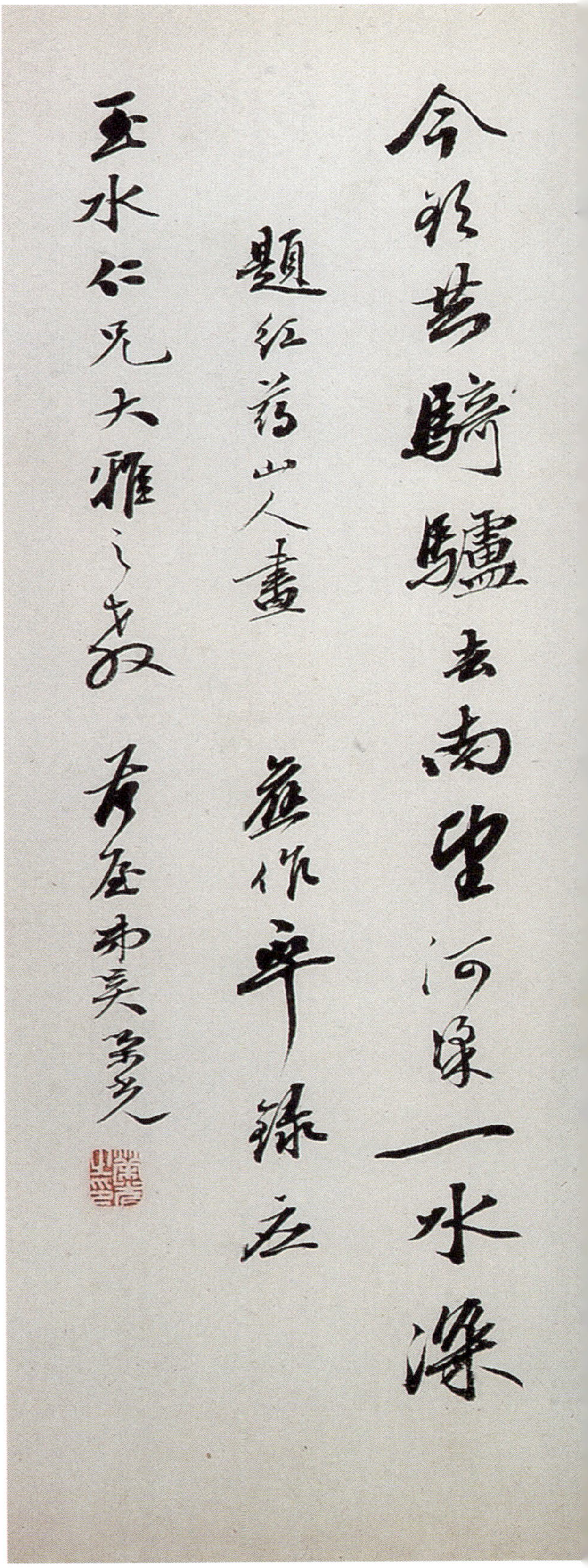

22.4×26.6cm

旧作率录应

玉水仁兄大雅之教

荷屋弟吴荣光

四、尹嘉铨、钱载、英廉三人和诗小笺兼及乾隆朝最特殊的一起文字狱案

尹嘉铨像

尹嘉铨、钱载、英廉三人和诗小笺兼及乾隆朝最特殊的一起文字狱案

寻找尹嘉铨的墨迹真迹甚至他所撰写的书籍都是非常困难的，原因在于乾嘉盛世之际发生的众多文字狱案件中牵涉到特别的一件案件，即尹嘉铨为父请谥并从祀孔庙案。

有清一代因文字而获罪史称『文字狱』案，最主要的『文字狱』案均发生在乾隆朝，最著名者有从雍正朝延及乾隆朝的吕留良、曾静案，乾隆朝的段昌绪之吴三桂檄文案、王锡侯之字贯案、徐述夔之一柱楼诗案，等等。诸多类似案件均有一个大致相同的特征：涉及讽刺、歪曲清王朝承继大统的合法性，关系社会政治和意识形态。清王朝为维护封建法统、控制和扭转汉族知识分子的离心离德，采取了严厉的手段。也有类似闹剧的所谓文字狱案，如乾隆十八年丁文彬案，完全是疯癫病人的狂想臆病，不仅自己丧命，还害得他哥哥和两个侄子也被处斩。

尹嘉铨案相对特殊。首先，尹会一与尹嘉铨父子二人皆官至九卿，嘉铨之子亦同朝为官，尹嘉铨在没有为父请谥之时，也以七十高龄全身而退，在其原籍河北博野安享晚年，可谓荣耀之极。但因为父请谥并要求从祀孔庙，而且是在同一天让其子尹绍淳连上两道折子，酿成了一起影响深远的大案。相比其他文字狱案，尹嘉铨案的特别之处在于这样两点：其一，其父、他自己以及儿子皆可谓官运亨通，尹会一、尹嘉铨皆为封疆大吏，是清王朝统治的坚定维护者，

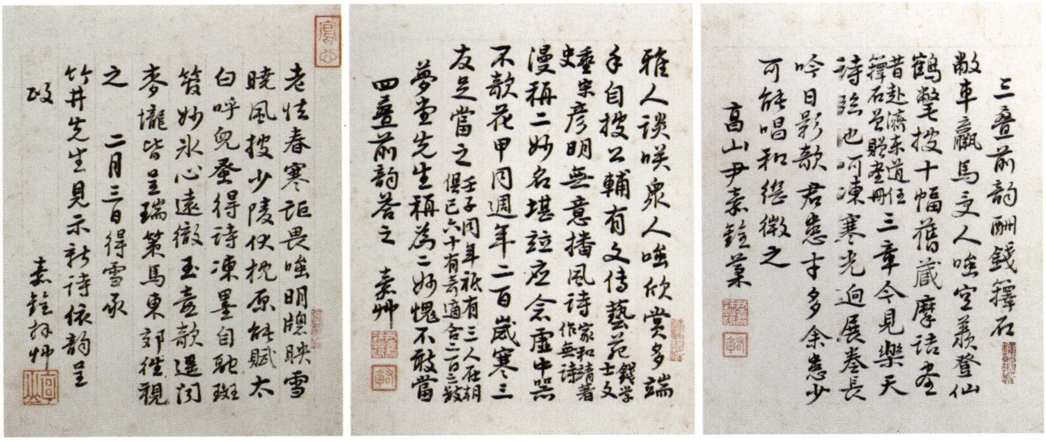

尹嘉铨墨迹

而且政绩颇佳。《清史稿》卷三百八有尹会一传，称其在湖北、广东、河南为官，政绩突出，勤政爱民。嘉铨因母七十岁，疏请终养，上『赐诗褒之』，荣耀一时。其二，从社会层面上说，比吕留良、曾静案影响更为广泛。吕留良、曾静案的发生源于曾静鼓动他的学生投书岳钟琪树起反清复明大旗，被岳秘密逮捕诱供出曾静并牵出吕留良『反清』著述的一起『地下』案件；而尹嘉铨在多地做官，且喜著书立说（据查尹嘉铨父子著作五十二种。载《军机处档》），兴办学校，文名甚佳，提倡封建道德，维护清朝法统不遗余力。他的一连两道为父请谥从祀折子虽然过分，也不至于死罪。而且经过调查，没有发现贪墨和横行乡里之事，且多有善举，可谓开明贤达的乡绅。

是什么原因导致乾隆皇帝要致尹嘉铨死刑且『除恶务尽』呢？

根据清档案尹嘉铨档原始记载分析，要杀他的忤悖主要有三大罪状。

乾隆谕旨指出，尹嘉铨狂妄悖谬之一，是他的《朋党论》中『朋党之说兴而父师之教衰，君亦安能独尊于上哉』之语，乾隆的说法是他父亲已为『朋党论』定调，即『皇考世宗宪皇帝御制《朋党论》』已『为世道人心计，明切训谕』，而尹嘉铨竟以此等口吻『俨然以师傅自居』，挑战雍正。在乾隆看来，伊等生逢盛世，英主代出，哪里有什么『朋党』，这明明是对其治国的污蔑。此其罪一。

《名臣言行录》一编，『将本朝大臣如高士奇、高其位、蒋廷锡、鄂尔泰、张廷玉、史贻直等悉行胪列』，罪行在于『以本朝之人标榜当代人物，将来伊子孙等恩怨从此起，门户亦且渐开』。特别是所谓『天下之治乱系宰相』之说，于大清皆一派妄言』。『若以国家治乱专倚宰相，

钱载像

则为之君者不如木偶旒缀乎？』乾隆明白指出，本朝之『宰相』云云，不过是职本尚书，皆为『献谀者可深鄙』，而协办者自以为相国自居更为『可嗤』；结论是本朝无名臣、无贤臣、无奸臣，说明天下长治久安，安享盛世之乐，皆朕父子几代人相努力的结果云云。（军机处档《实录》《圣训》『圣德』门卷二四，《东华录》）这一点，鲁迅在《买〈小学大全〉记》亦有论及。此罪二。

《古稀说》之说，此称来自杜甫诗，世宗宪皇帝已有御制，乾隆也自称古稀，乾隆所谓古稀乃是指其圣德神功，爱民勤政，强藩外患、权臣外戚、女谒宦寺、奸臣佞幸皆无，此乃乾隆『古稀』之释，即从古至今治国爱民的『古稀』之伟大皇帝。而区区一个原品休致的大理寺卿尹嘉铨竟敢自称古稀老人。其罪三也。（《三宝等奏会审尹嘉铨口供折》，乾隆四十六年四月十七日）

据《高宗实录》卷一一二九，四十六年四月庚申条记：『谕：「尹嘉铨……肆无忌惮，罪不可逭，因降旨将伊拏交刑部治罪，并查伊家有无狂悖不法字迹。随据英廉、袁守侗于伊京寓及本籍查伊所著各书，则其中狂妄悖谬之处，不可枚举……乃欲于国家全盛之时，逞其私臆，妄生议论，变乱是非，实为莠言乱政……著加恩免其凌迟之罪，改为处绞立决。」』并谕旨将其所著书籍以及刊刻尹嘉铨父子之书版书籍、墨迹等所有文字『饬令销毁』。由此掀起了一场全国性的搜查和清除尹嘉铨影响和踪迹的运动。从今天所存档案看，不论尹嘉铨有无做官之地，皆彻底清查尹嘉铨文字之情况且一并递京焚毁，如直隶、山东、山西、江西、河南、湖广、两广、贵州、湖南、闽浙、陕西等地，可见，如此大规模的清除运动，

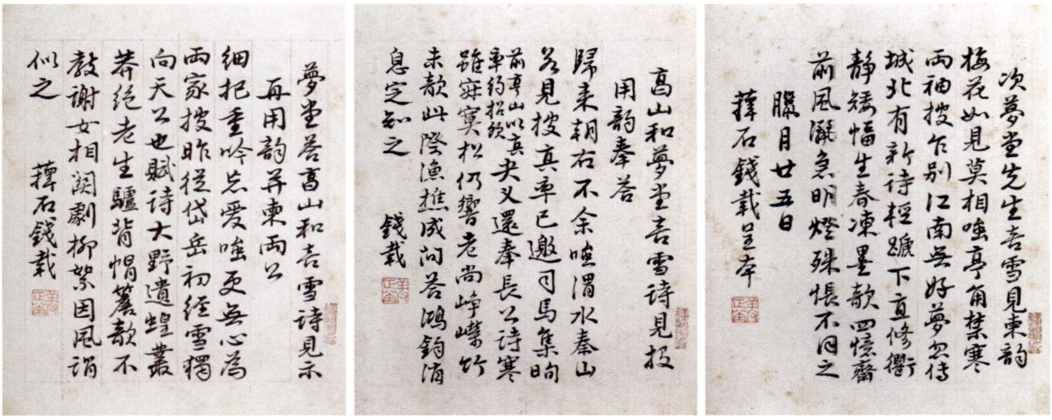

钱载墨迹

欲求存留尹嘉铨的只字片纸，风险何其大也。（参阅《清代文字狱档》第六辑，上海书店出版社，2007年）

此册三人的和诗墨稿，写于乾隆甲午年末和乙未年初（1774年末—1775年初）。这一年尹嘉铨64岁，钱载67岁，英廉61岁，故尹嘉铨诗中说到壬子同年仍在朝枢中心，他们三人均60岁以上，故有200岁云，不无得意，当时离尹案发生还有六年。三个人之中，英廉最小，官位最大。巧合的是，他还是尹嘉铨案的主审人之一，从英廉的查抄奏报看，他还是尽可能去维护他的这位『官友』。

三人的和诗起于英廉给钱载并转抄尹嘉铨，由此三人往还唱和，时间从1774年腊月二十五日至1775年二月三日，持续整个冬季。可见三人关系是比较密切的。法式善《梧门诗话》有多处记载英廉诗作情况，但只字未提尹嘉铨。其中有这样几则：

『壬寅六月二十八，夜雨。英梦堂相国宿庐，作《喜雨》诗，嘱词馆诸君和韵，一时如程鱼门、平宽夫、李松云、吴谷人皆有诗。相国独赏许石泉编修作，英特不羁。诗云：「元老勤宵直，飞甘雨作涛。云连三辅润，天减万民劳。灯火收光入，蛟龙得气豪。东南浑水涨，慎勿助风豪。」相国原作「气逼长擎动，声连万叶器」，亦警句也。百泉名兆棠，云梦人。』（凤凰出版传媒集团，凤凰出版社，2005年，38页）

从法式善的辑诗和评论来看，英廉诗今天虽不为传诵，且文学史也罕有选诗，但亦可谓妙品，如『春雨梅花湖外寺，夜航灯光竹西村』写景如画（同上，283页）。『酒

暇自難期遠莫嗟芳叢得近侶懷披葛巾正漉陶潛酒
柘彈先傳謝朓詩（謝眺云好詩圓美流轉如彈丸）夜色泥情風色定花光潑
眼燭光欹海棠不比芙蕖劣漫數當年庾杲之

雨後至西郭草堂用前韻

皓首衝泥不暇嗟玉云猶勝幾風披春深乍試催耕鳥
野色如微喜雨詩塘水痕高冰鑑滿林花乳重火珠欹
誰知織草三三逕猷趁青鞋偃所之

戟門招集北臺用前韻

歡塲老大定誰嗟剣取塵襟嘗一拔到眼快逢前度客
懷人愁讀往年詩峭風過樹千花颭淺草縁湖一鶯欹
肯遣閑邊更投轄玆游不醉竟安之

暮春郎事用前韻

蝶點蜂惹解相嗟藤梢又見紫茸披忙中未廢閒中趣
醒後重刪醉後詩其奈春歸花信杳不禁風厲柳絲欹
吳鞋蜀杖城南寺尚畧敲門一問之（單溪約崇效寺看國初名家卷子）

單溪見和前詩再用韻奉答

放慵豈免勝流嗤動眼霞光（院名）倚閣披儼儼自孤方外
賞顏唐人惣老來詩不蕪凈綠逢村斷深樹殘紅鷺石
欹此去無多烟際路海棠在彼敢忘之

西郭草堂初夏用前韻

图片来源：《梦堂诗稿》嘉庆二年刻本

沽双屐雨，菊卖一肩秋』（同上，109页），甚妙。当时英廉为第一位汉族人官及大学士，权重一时，诗名也甚大。据钱载为《梦堂诗稿》作序称，他五十年前在江南时即闻梦堂诗名。以钱载的率直性格，不至于过于阿谀，故而作序名曰『梦堂诗老传』。英廉于乾隆癸卯年即1783年去世。乾隆壬寅年，即乾隆四十七年（1782），钱载辞官。

英廉的四首诗，第一首最好，故而此诗载入《熙朝雅颂集》（上海图书馆有藏，嘉庆九年刻本），只是与此处诗稿略有不同。（详后）

《梦堂诗稿》也只选此处第一首，但用同一韵英廉作有多首，《诗稿》刊与翁方纲唱和二首，共六首。缘由应是与钱载唱和，尹嘉铨、翁方纲纷纷加入，后因尹案，凡与其有关诗稿一律删去。250余年流转，于今还得以存留，眼缘之大幸也。

钱载是继朱竹垞之后秀水派的领军人物。据史所载，他为官三十余年，官至二品，晚年却依然要靠卖画为生计，可见他为官极清廉。

钱锺书《谈艺录》约有七则专论钱载（全书109则），概而言之：

『萚石学山谷而不深，学东野、学竟陵等等，又好以乡谈里谚入诗，自加注释，则似陆放翁惯技。然所心摹手追，实在昌黎之妥帖排奡，不仅以古文章法为诗，且以古文句调入诗。清代之以文为诗，莫先于是，莫大于是，而亦莫滥于是』。『至其尽洗铅华，求归质厚，不囿时习，自辟别蹊；举世为荡子诗，轻唇利吻，独甘作乡愿体，古貌法言。即此一端，亦豪杰之士。』（钱锺书《谈艺录》，中华书局，1984年，

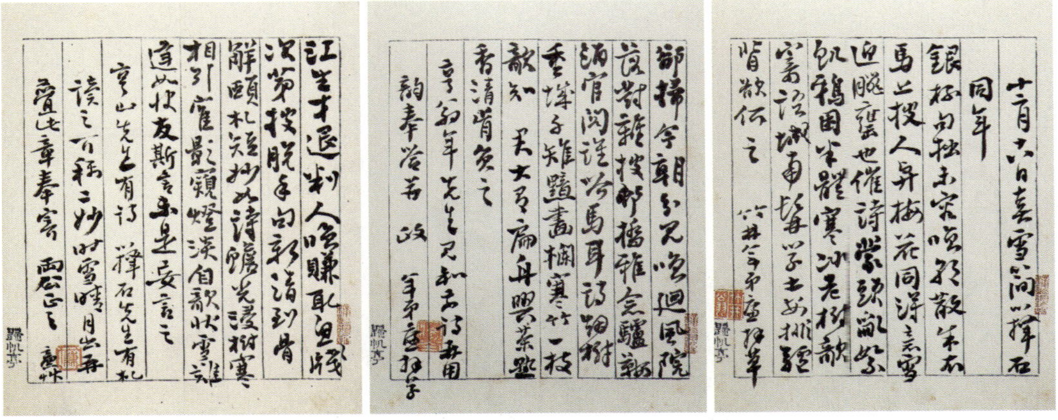

英廉墨迹

176页）

其以『学人之诗』原本经籍，润饰诗篇，『故大被推挹』。『夫以萚石之学，为学人则不足，而以为学人之诗，则绰有余裕。』（同上，177页）

姚元之《竹叶亭杂记》卷五记萚石、翁方纲『交最密』，『每相遇必话杜诗，每话必不合，甚至继而相搏』云云（同上，180页）。

钱锺书虽多批评钱载以学问为诗之弊，但又偏爱有加，与钱锺书作古诗之好近之。

三人之诗，尹嘉铨的几首诗整体看来写得最有感触，且多联系个人的情感立场，写景亦写人，写雪亦写心。大雪纷飞，祥瑞之兆，不无踽踽独行之孤寂，亦不无壮志满怀，心潮涌动。而且从用印和书体对照署名，钱载的墨迹似应是尹嘉铨的手泽。巨焰余烬，我们于今还得以见到尹嘉铨的几首佳句和中规中矩的馆阁体墨迹，看来不论调动多大的社会力量，想彻底消除一个曾经的生命行踪是不大可能的。

这或许是一种启示：历史总会还原它真实的一面！

19.2×13.7cm

英廉 1714–1783

字计六，号梦堂，一号竹井老人。本姓冯，辽东（今辽宁沈阳西北）人，隶内务府汉军镶黄旗籍。雍正十年（1732）举人，由笔帖式授内务府主事，官至大学士。汉军授大学士自英廉始。寻署直隶总督。以病乞罢，卒谥文肃。工诗文，善山水及墨竹。有《梦堂诗稿》。

此为英廉与钱载、尹嘉铨互相酬唱的《喜雪》诗一组。

释文

十二月十八日喜雪简萚石同年

银杯句拙未容嗤，朝散朱衣马上披。人与梅花同得意，
雪迎腊瓮也催诗。蒙头乱絮饥鸦困，半体寒冰老树欹。
寄语城南髯学士，安排驴背欲何之。

竹井年弟廉䄵草

《熙朝雅颂集》卷四十三，清嘉庆九年刻本

喜雪简萚石

银杯句拙未容嗤，朝散朱衣马上披。人与梅花同得意，春生竹叶最催诗。蒙头乱絮饥雅困，半体寒冰老树欹。寄语城南髯学士，安排驴背欲何之。

（乾隆癸卯年此书成编）

《梦堂诗稿》卷十三，与《熙朝雅颂集》句同。此应是定稿。此诗初稿，亦可印证英廉改后『春生竹叶最催诗』比『雪迎腊瓮也催诗』好。

節掃今朝到只增迴風院
落對離披軒檻雅含驪鞠
酒官閒謹吟馬耳詩相對
香蒲子雖題畫欄寒竹一枝
敬知 吳大可扁舟興菜點
香清消夏之
臺翁年先生見和兼詩再用
韻奉答希 政
年弟英廉拜手

駐帆亭

19.2×13.8cm

释文

却扫今朝分见嗤，回风院落对离披。村桥雅念驴鞍酒，官阁谁吟马耳诗。烟树重城子雉黯。画栏寒竹一枝欹。知君大有扁舟兴，茶熟香清肯负之。

亨翁年先生见和前诗再用韵奉答并政 年弟廉拜草

江生才退料人喧赚取旦晚
沒節投脫手句新清勁骨
解頤札語妙如詩篇光漫樹寒
相引雁影窺燈淡自歌狀雪難
道如杖友斯言未是妄言之
亭山先生有詩　釋石先生有札
讀之可稱二妙　時雪晴月出再
觀此章奉寄　兩石正之　廉拜

19×13.8cm

释文

江生才退判人嗤，赚取画笺次第披。脱手句新清到骨，解颐札短妙如诗。蟾光浸树寒相引，鹤影窥灯淡自欹。快雪难逢如快友，斯言未是妄言之。

亨山先生有诗，莘石先生有札，读之可称二妙。时雪晴月出，再叠此章，奉寄两公正之。

廉草

病減眠多那免呼，曉來報道雪紛披。庭平麥隴香歸僕，掃入茶鐺味來詩。樹幽光護寶樓，一樓寒色數峰敲。等閒莫惜花期滯，老愛春遲行有之。

二月二十日雪再用喜雪韻奉粟
諸公一笑

錄請
韋山先生教正
年家弟英廉拜草

19.2×13.7cm

释文

病减眠多那免嗤，晓来报道雪纷披。壅平麦陇香归饼，扫入茶铛味到诗。满树幽光双鹤噤，一楼寒色数峰攲。等闲莫惜花期滞，老爱春迟信有之。

二月三日雪，再用喜雪韵奉柬诸公一章，

录请

亨山先生和正　　年弟廉拜草

次夢堂先生喜雪見柬韵

梅花如見莫相嗤，亭角禁寒兩袖披。乍別江南無好夢，忽傳城北有新詩。輕躔下直修衢靜，綫幅生春凍墨欹。四懷齋前風灑急，明燈殊悵不同之。

臘月廿五日

籜石錢載呈草

19×13.7cm

钱载

1708–1793

字坤一，号萚石，又号瓠尊、壶尊，晚号万松居士、百福老人，秀水（今浙江嘉兴）人。乾隆十七年（1752）进士，授编修，官至礼部左侍郎。学问渊博，品行修洁。工诗文，是乾嘉年间秀水诗派的代表诗人。从学于从叔祖母陈书，善水墨写生，工花木兰竹，其设色花卉简澹超脱，写长林修竹，笔力清劲，大有徐渭、陈淳遗意；所写兰石天然逸致，兰叶纵笔偃仰，飞白写石，遒劲流动，神趣横溢。书法亦秀逸可喜。晚年致仕清贫，鬻画为生。有《萚石斋诗文集》。传世画作《兰石图》《墨梅图》《菊石图》《枯木寒鸦图》等。此为钱载与英廉、尹嘉铨互相酬唱的《喜雪》诗一组。

释文

次梦堂先生喜雪见柬韵

梅花如见莫相嗤，亭角禁寒两袖披。乍别江南无好梦，忽传城北有新诗。轻蹄下直修衢静，矮帽生春冻墨攲。四忆斋前风洒急，明灯殊帐不同之。

腊月廿五日

萚石钱载呈本

此诗载于《萚石斋诗集·萚石斋文集》下册，上海古籍出版社，2012年，605页。其他四首不见文集收入，但另有一首，明言是应英廉二月三日之和诗。经查钱载文集为乾隆甲午年末和乙未年初刊行，即乾隆三十九年至四十年。

高山和夢堂喜雪詩見投
用韻奉答

歸來朝右不余唯渭水秦山
為見披真率已邀司馬集晌
前亭山以真率約招飲
吏又還奉長公詩寒
雖無寞松仍響老尚峥嶸竹
未歇此隆漁樵成問答鴻鈞消
息定知之

錢載

19 × 13.7cm

释文

亨山和梦堂喜雪诗见投

用韵奉答

归来朝右不余嗤，渭水秦山若见披。真率已邀司马集，旬日前亨山以真率约招饮。夬义还奉长公诗。寒虽寂寞松仍响，老尚峥嵘竹未攲。此际渔樵成问答，鸿钧消息定知之。

钱载

夢堂答舊山和春雪詩見示
再用韻并柬雨公
細把重吟忘愛嗟更無心為
兩家撥昨從岱嶽初經雪獨
向天公也賦詩大野遺蝗叢
莽絕老生驢背帽簷敧不
教謝女相關劇柳絮因風謂
似之
籜石錢載

19 × 13.7cm

释文

梦堂答亨山和喜雪诗见示

再用前韵并柬两公

细把重吟忘爱嗤，更无心为两家披。昨从岱岳初经雪，独向天公也赋诗。大野遗蝗丛莽绝，老生驴背帽檐欹。不教谢女相关剧，柳絮因风谓似之。

萚石钱载

释文

梦堂、亨山二公各叠喜雪韵见贻，再叠韵二首奉答，并请正之

元来雪不受人嗤，
各占轩窗草树披。
隔函欣然如斗盏，
奴僮恼煞只邮诗。
钓鱼正想红衣湿，
煮茗犹怜彩鬟欹。
频向唐花风里读，
逗回春信孰堪之。

寻盟屡矣实应嗤，
叠壁联珠信手披。
纵不有台深避债，
那于无钵急催诗。
野梅小驿相思冷，
暮雀空檐独坐欹。
已到江乡难得住，

19×13.7cm (2)

铜街三白又夸之。

甲午除夕钱载呈本

奉和夢堂先生喜雪原韻

踽〻孤行蚤見嗤暮年冒雪咲

紛披載塗何敢忘稽業是日往祭覺羅學

盈尺多欣更采詩望去銀峯

千仞合飛來玉樹萬花欵散

杯逐馬閒清韻篁節長留

退之雪詩具見昌黎詩

髙山尹嘉銓藁

19.2×13.8cm

尹嘉铨

【1711－1781】

字亨山，晚号古稀老人，直隶博野人。父尹会一。雍正十三年（1735）举人。历官山东布政使、陕甘总督、大理寺卿。乾隆时，曾请令旗人子弟同汉人子弟一样读《小学》，编《小学大全》。后因为父请谥获罪，其所编著书籍七十余种皆被销毁。

此为尹嘉铨与英廉、钱载互相酬唱的《喜雪》诗一组。

释文

奉和梦堂先生喜雪原韵

踽踽孤行蚕见嗤，暮年冒雪笑纷披。载途何敢忘稽业，是日往察觉罗学。盈尺多欣更采诗。望去银峰千仞合，飞来玉树万花敧。散杯逐马闻清韵，篁节长留属退之。雪诗俱见昌黎诗。

亨山尹嘉铨稿

島瘦郊寒世共嗤，何當老手
不停披。髯翁未動官梅興，夢堂
以詩寄髯學士，尚未見和。彩筆垂賡白雪詩。
積素凝暉金鏡朗，琢冰引墨
玉繩欹。騷壇牛耳誰爲執，還
向遨人問所之。
夢堂先生寄答前詩，再疊
韵奉酬。
袁[illegible]拜艸

19.2×13.7cm

释文

岛瘦郊寒世共嗤，何当老手不停披。髯翁未动官梅兴，梦堂以诗寄髯学士，尚未见和。彩笔重赓白雪诗。积素凝晖金鉴朗，琢冰引墨玉绳攲。骚坛牛耳谁为执，还向幽人问所之。

梦堂先生寄答前诗，再叠韵奉酬

嘉铨拜草

三疊前韻酬錢籜石
敝車羸馬足人嗤空羨登仙
鶴氅披十幅舊藏摩詰畫
昔赴濟東道任籜石曾贈畫冊
三章今見樂天
詩臨池呵凍寒光迴展卷長
吟日影款君惠寸多余惠少
可能唱和繼微之
高山尹嘉銓草

19 × 13.7 cm

释文

三叠前韵酬钱箨石

敝车羸马受人嗤，空羡登仙鹤氅披。十幅旧藏摩诘画，昔赴济东道任箨石曾赠画册。三章今见乐天诗。临池呵冻寒光迥，展卷长吟日影欹。君患才多余患少，可能唱和继微之。

亨山尹嘉铨稿

雅人谈咲众人嗤欣赏多端
手自披以辅有文传艺苑钱学士文
史
垂宋彦明无意播风诗家和靖著作无诗
漫称二妙名堪竝应念虚中器
不数花甲同周年二百岁寒三
友足当之壬子同年祇有三人在胡偈已六十有寿适合二百之数
梦壶先生称为二妙愧不敢当
四叠前韵答之　袁艸

19 × 13.7cm

释文

雅人谈笑众人嗤，欣赏多端手自披。公辅有文传艺苑，钱学士文垂宋史。彦明无意播风诗。家和靖著作无诗。漫称二妙名堪并，应念虚中器不敢。花甲同周年二百，岁寒三友足当之。壬子同年只有三人在朝，俱已六十有奇，适合二百之数。

梦堂先生称为二妙，愧不敢当。

四叠前韵答之　嘉草

老怯春寒詎畏嗔，明牕映雪曉風披。少陵伏枕原能賦，太白呼兒疊得詩。凍墨自馳斑管妙，冰心遠徹玉壺敲還潤。麥壠皆呈瑞，策馬東郊往視之。

二月三日得雪，承竹井先生見示新詩，依韵呈政。

嘉銓拜草

19.2×13.9cm

释文

老怯春寒讵畏嗤，明窗映雪晓风披。少陵伏枕原能赋，太白呼儿蚤得诗。冻墨自融斑管妙，冰心远彻玉壶攲。遥闻麦垅皆呈瑞，策马东郊往视之。

二月三日得雪，承竹井先生见示新诗，依韵呈政

嘉铨拜草

五、清代文学史研究的一个盲点：法式善的诗龛及作用

白髮蒼顏五十三又驚秋思入吟龕鶺鴒原上傷春草楊柳江邊愴碧潭蓴菜興孤歸計左稻粱謀拙退飛慚故人近日無交絕叔夜何妨七不堪

白髮蒼顏五十三新秋重理舊征衫光陰來往歎遊子風葉飄零送遠帆宵簟有心承沆瀣暮雲無意變巉巖紅牆碧漢佳期阻玉札魚瑙肯重緘

不寐

醉淺花陰重吟深月影斜嚴城三下鼓冷樹再啼鴉不寐思前事生涯未有涯

題法時帆學士詩龕消暑圖

右 法式善像

左 鲍之钟《论山诗笺》之书影

清代文学史研究的一个盲点：法式善的诗龛及作用

一、法式善诗龛遗稿的发现

清代文学史论著中提到法式善，基本是一笔带过，对其主持乾嘉之际诗坛三十年之事迹和影响，也甚少深入讨论和评价，可谓为清代文学史研究的一个盲点。

对清代文学史影响深远的《湖海诗传》的编选者王昶，说法式善『诗质而不癯，清而能绮，故问字求诗者往往满堂满室』（《湖海诗传》卷三六）；王墉《存素堂诗二集序》云：『四方之士论诗于京师，莫不以诗龛为会归，盖岿然一代文献之宗矣。』《啸亭续录》云：法式善『居净业湖畔，筑诗龛三间，投赠诗句，皆悬龛中。构诗龛及梧门书屋，法书名画盈栋几，得海内名流咏赠，即投诗龛中。主盟坛坫三十年，论者谓接迹西涯无愧色』。《清史稿》关于法式善的叙述即本于此。如此之影响力或许是因为法式善曾出版了一部专门对应科举应制诗的著作《成均课士录》，风行海内几至家喻户晓，士子生员人手一册。诗龛藏书籍法书名画万卷，俨然就是一座小型博物馆。

随着法式善的去世，北京后海积水潭边的诗龛小筑及其遗物不见记传，更不知其流向。商务印书馆于民国十年曾刊印《法诗龛罗两峰续西涯诗画册》，由钱咏题引首，共十二图景，与法式善《存素堂诗初集存录》载《续西涯杂咏十二首》相对应，每图后均有法式善题诗，翁方纲和吴省钦题诗；后有翁方纲、汪端光、张问陶、洪亮吉、王芑孙、吴锡麒题跋。《诗龛图题咏之诗》清抄本，均为于法式善处看诗龛图后题咏之诗。《中国古代书画图目》著录

诗龛图
图片来源：http://blog.artron.net/space.php?uid=12337&do=blog&id=286996

钱维乔、奚冈、黄钺、顾鹤庆、张问陶、黄均、方薰、张崟等所作《诗龛图》《诗龛消暑图》《诗龛诗意图》《诗龛向往图》等以诗龛为题材的作品计有八件，分别藏于上海、江苏等地的博物馆。国家图书馆善本库藏有顾鹤庆、张问陶等绘诗龛图，王昙、孙原湘等题诗，张惠言赋，王引之跋。另《日本现在支那名画集》著录有毕涵、黄均、璞宝、张赐宁等所作《七家诗龛图卷》《梧门图卷》《诗龛图卷》等三件作品。据法式善的诗集记载，当时举国名流凡能绘画者几乎都为他图画诗龛图，如其《合作诗龛画会卷子》即是此情况之写照。刊印于此册的十一人二十余开的诗文手稿，每一个人都有至少一件诗稿是参与法式善招饮雅集的直接见证，且于其他参加者的诗文集中亦有同日同时之记录。

另外，从这些诗的写作，可见活动主持人均为法式善，且就在法式善诗龛左右。创作完成后，存稿于法式善处，同时抄录一份备载文集。《诗龛图题咏》清抄本有一则徐嵩的题诗记载，可为之证：

『上年四月在京师，梧门先生以英梦禅所写诗龛图，袁简斋太史手札册及此卷见示，愿得余题句，时匆促东归，意思烦乱，乃作前一诗题于英公所画帧上，举而归之，比就道复得后一章，车已戒途，不能写赠。今春又到此龛，备录前作已有改窜句子，多与旧稿不同。遂拉杂书之，亦先生意也。乾隆五十有九年甲寅岁正月十五日，饮于龛中，同席十五人，分韵赋诗。金匮徐嵩并记。』

可见法式善诗龛是可吃可居可饮，但得留下诗稿画稿。

再者，十一人之由法式善招饮留下之诗稿，均于法式善《梧门诗话》有载，且有所点评，详每开诗札处。

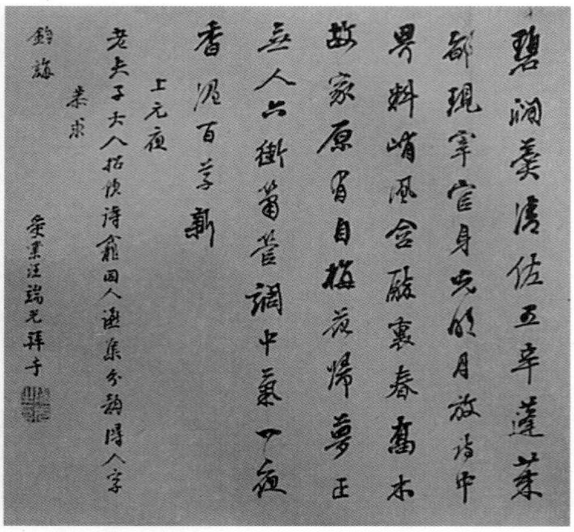

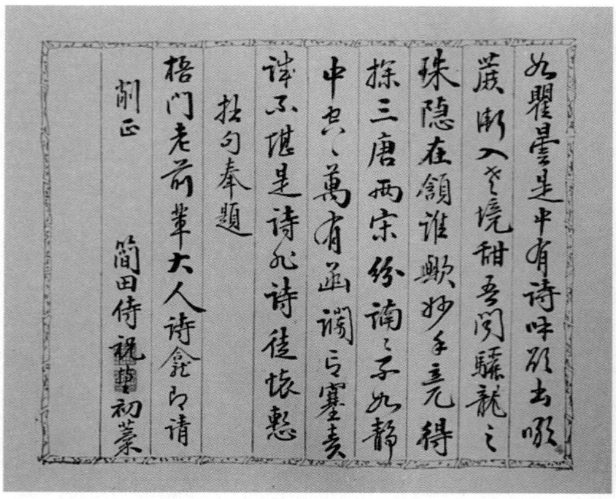

右 汪端光墨迹
左 祝堃墨迹

二、法式善其人及诗龛之作用

法式善（1752—1813），字开文，号诗龛、时帆、梧门、陶庐，运昌，后因乾隆皇帝赏识，赐改名『法式善』，即满语『勤勉有为』之意（法式善时年33岁）。蒙古乌尔济氏，内务府正黄旗人。清乾隆四十五年（1780）进士，累官至侍讲学士、国子监祭酒，是乾隆时期著名的学者和诗人（据宏伟《法式善〈梧门诗话〉》研究，『法式善之「蒙乌尔吉氏」乃远宗统姓，而伍尧则本支专姓也。令族中惟知蒙乌尔吉，而不知伍尧。』辽宁民族出版社，2006年，8页。抄此备考）。

据阮元《梧门先生年谱》卷一载：乾隆五十七年壬子，年四十岁奉命处理编《四库全书》所余下之资料，因此而撰《清秘述闻》。乾隆五十八年，四十一岁大儿子桂馨生，罗聘、张船山、翁方纲诸名士百余人以诗贺。嘉庆二年丁巳，《槐厅载笔》《九家诗》刻；其所撰《成均课七录》风行海内几至家有其书，为科举应试诗之圭臬；朱珪戏称法式善为西崖后身。嘉庆九年，五十二岁，呈上本翰林院，恩赉如乾隆九年例赐谶赓诗，『院掌朱公珪英公和奏请重纂皇朝词林、典故，推先生为总纂；五月十九日纂八旗人诗一百三十四卷，成作凡例二十则』。此即由铁保任主编，嘉庆皇帝赐序的《熙朝雅颂集》。嘉庆十三年，五十六岁，程邦瑞为法式善刻《存素堂诗初集录存》于扬州。他儿子于嘉庆十六年，法式善五十九岁中进士；其孙来秀道光三十年进士，著有《扫叶亭咏史诗事》四卷、《来子望江南词》等。

法式善的著作甚多，但其在世时大多未能付梓，多为稿本和抄本。

如《梧门诗话》之刊刻即命运多舛。

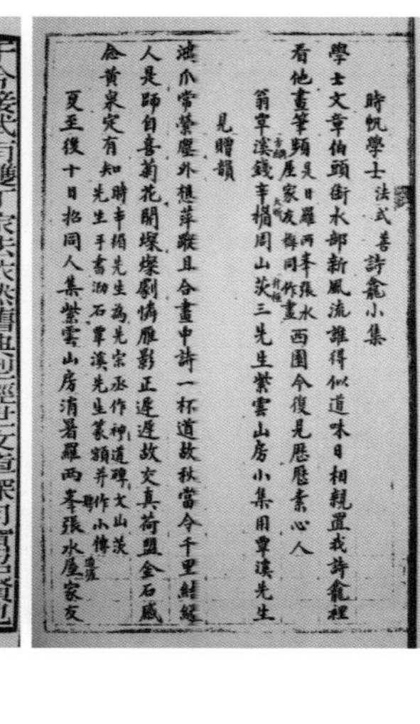

右 何兰士集诗载与法式善和诗
左、中 何兰士《双藤书屋诗集》（1821年刻本）。上海图书馆藏

『嘉庆间郭麐曾云：「梧门先生法式善风流宏奖，一时有龙门之目……先生诗集闻已付梓，穿居辽隔，亦未得见。有《诗话》十余册，交屠太史琴坞为之校刊，亦未果。终当与琴坞共成此事，庶知己于万一耳。」此后道光中陈文述又云：「此稿凡十六卷，多乾隆、嘉庆两朝文献，鄙人曩在京师，曾与编纂之役。祭酒清宦，无力付梓，以属屠君琴坞，携至江左。屠君旋与二、病废，因以属余。今将归耕西溪，不及为料理。因属朱君西生，携交两君（按：指潘曾莹、曾绶兄弟）春明坛坫，人海多贤，得付手民，亦艺林盛世也。然此事后来竟一直未果，始终未见刻本问世。』（《梧门诗话合校》，张寅彭、强迪艺编校，凤凰出版传媒集团，凤凰出版社，2005年）

法式善十分爱写诗，据其《存素堂初集原序》自述，二十余岁即写了诸多诗，随写随掷，余下多为友人朋旧抄存。后『讲筵交游渐广，酬答遂多，癸丑岁检箧中凡得三千余首，吾友程兰翘、王惕甫皆为甄综之汇』，寄请袁枚审定、洪亮吉校勘尚留有『千余篇』，可见其创作之勤。其应制诗水平甚高，适性陶情之作平平。翁方纲于嘉庆丁丑年法式善已去世后为其《陶庐杂录》作序，说他『刻意为诗』，但『其中有系乎考证有资于典故者，视其诗更为足传也』。这一观点也为张船山和洪亮吉所赞同。法式善诗文集中谈及张船山和洪亮吉之处非常之多，可以说二人在京都时是法式善招饮的常客，据不完全统计，提及洪亮吉十余次，提及张船山之处二十五余次，而在张、洪二人的诗文集中极少提及。

（二）诗画创作中心

因法式善极爱诗，所以便极力筑诗龛。

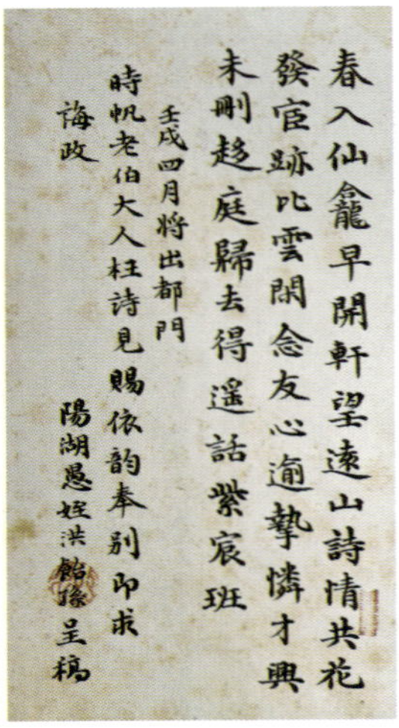

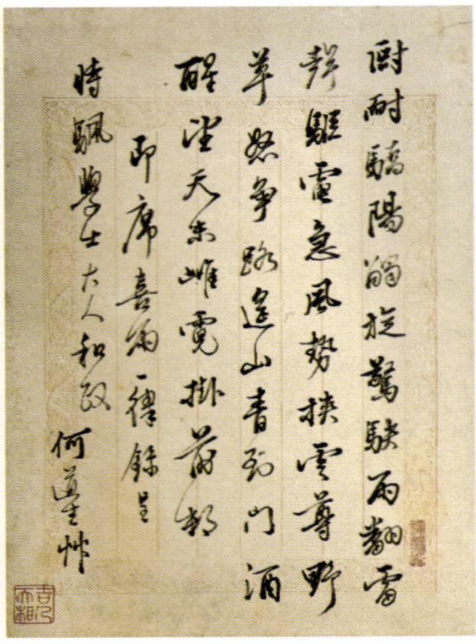

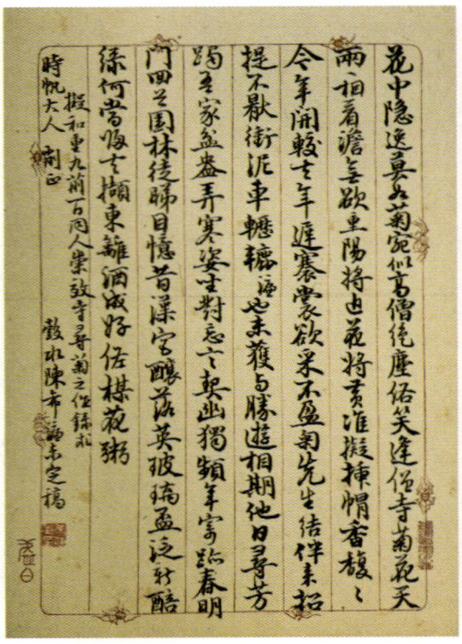

右 洪饴孙墨迹
中 何道生墨迹
左 陈希濂墨迹

《清史稿》卷四百八十五云：

『所居后载门北，明李东阳西涯旧址也。构诗龛及梧门书屋，法书名画盈栋几，得海内名流咏赠，即投诗龛中。主盟坛坫三十年，论者谓接迹西涯无愧色。』此话是抄自王墉《存素堂诗二集序》言：『四方之士论诗于京师者，莫不以诗龛为会归，盖岿然一代文献之宗矣。』

诗龛俨然是乾嘉时期诗画创作展示和交流中心。当然更是诗画收藏中心和创作中心。

（二）诗龛是乾嘉时期的创作协会

法式善《存素堂诗初集录存》卷八『诗龛画诗』之序云：

『十年以来，为仆图诗龛者不下百家，画日以多，思日以阔，凡夫山水之奇，卉木之秀，溪桥堂榭之清幽，风雨晦明之变幻，皆为我有借烟云为供养，所获盖已多矣。长夏畏暑，每一展阅，沉疴霍然。因选工装之。或三五家或十数家，汇为一卷，前后次序无所容心，唯视纸之高下长短为位置，装成凡得四十家，人各家诗三韵，继自今存亡聚散所不能免，以人寄诗，以诗存人，情有余于画之外者，诗龛云乎哉！』

下边接着抄录了画中的诗与其诗集中，看来是按要求特意定制的诗，作者并皆为一时名流，如罗聘、张问陶、吴鼒、顾鹤庆等。

其诗龛供奉的诗人像为陶潜、李白、杜甫、韩愈、白居易、王维、孟浩然、韦应物、柳宗元、苏东坡、黄山谷、李西涯。

其后还有诸多关于诗龛图的记载。

右 祝堃墨迹
中 蒋攸銛墨迹
左 何元烺墨迹

这样看来，诗龛又是一个以这十二位诗人为偶像和创作楷模的诗画协会。

（三）诗龛是乾嘉时期诗创作指导、编辑中心

何兰士有一首诗记载了于诗龛作诗作画的情景：

『时帆招集诗龛用曹定轩锡龄侍郎韵奉酬：

山寺论交旧，幽龛结构新。以诗为事业，于我独情亲。

此会真宜画，（时两峰友梅水屋在坐作画。）能来不厌烦。所惭司簿领，

未许作闲人。』（《双藤书屋诗稿》，卷四）

下一首便记述了画作完成后装裱成一册，画精字妙，批阅之余又赋诗咏叹：『画意何妨亦画形，诗龛却好聚诗星。』（同上）

法式善《梧门诗话例言》曰：

『国朝前辈如王渔洋、朱竹垞，皆著有诗话，宏奖风流，网罗殊富，然于边省诗人，采录较少。近日袁简斋太史著《随园诗话》，虽搜考极博，而地限南北，终亦未能赅备。余近年从北中故家大族寻求，于残觚破箧中者，率皆吉光片羽，是故编于边省人所录较宽，亦以见景运熙隆，人才之日盛有如此也。诗话虽属论诗，然与选诗有别。余于先辈名集虽甚心折，无所辩证，概从割爱，至于寒畯遗才，声誉不彰，孤芳自赏，零珠碎璧，偶布人间，若不亟为录存，则声沉响绝，几于飘风好音之过耳矣，故所录特多。』

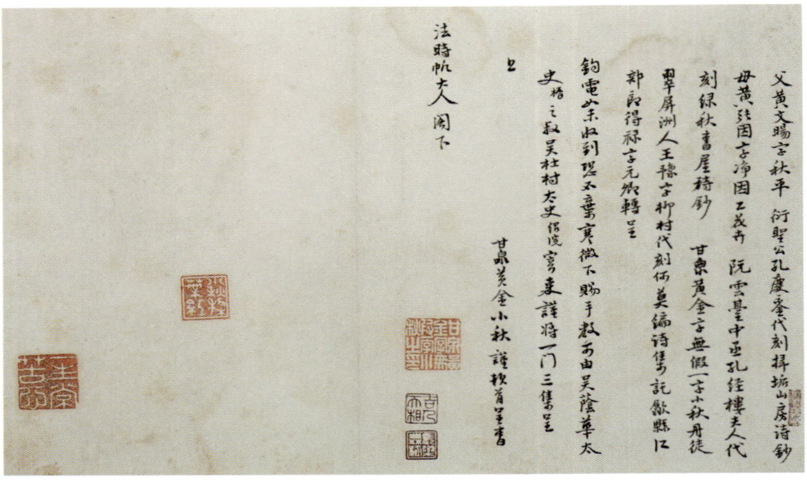

黄金墨迹

（《梧门诗话合校》，张寅彭、强迪艺编校，凤凰出版社，2005年，28页。）

洪亮吉说：『诗龛已到不索诗，旧读主人诗已熟。东头词宗百菊溪，百侍御龄。宗伯宅复连街西。铁侍郎保。三人分日操选政，时有满洲四朝诗选。一宝墨雨挥淋漓。』（《洪亮吉集》第二册，中华书局，2001年，654页。）

《法学士善山寺说诗图》：『诗龛左右诗如海，时选近人诗。丹墨纷披几年载。他时悟后忘语言，更有不传诗法在。』（同上，657页。）

法式善《朋旧及见录例言》可证洪亮吉之说：

『是集之录，略仿述菴王氏《湖海诗传》，而体式则遵用竹垞朱氏《明诗综》。惟王氏于朋友赠答之篇无不备录，而应制、联句、次韵、题照诸作，甄取亦似过多。兹因别有《声闻集》之辑，故所收较王氏为严，即限于朋旧，则亦不能如朱氏之博稽旁采。故所收较朱氏为略。』

『朋旧中见示佳篇甚多。兹编所载仅及十一，吉光片羽，以少为珍。若夫全集久已风行海内，鸿篇巨制，美不胜收，遂独取其萧憀旷放诸篇，非示别裁，姑存梗概。』

『十年听雨声谓之朋旧，千里论文者亦谓之朋旧。如简斋、山舟、辛楣、礼堂、梦楼、瓯北、姬传诸前辈，竹初、石桐、芷衫、退庵、苏亭、琴士、柳村、心盦诸君子，始通谦素，继记心知。又或因其父兄，逮其子弟，或因其弟子及其先生，若此类者，其诗皆拟录存。若曾无闻问，虽杰作如林，概从割爱。』

『是集就余目前及见随时编录，故所收止此。凡我朋旧或持节外台或著书林下，邮

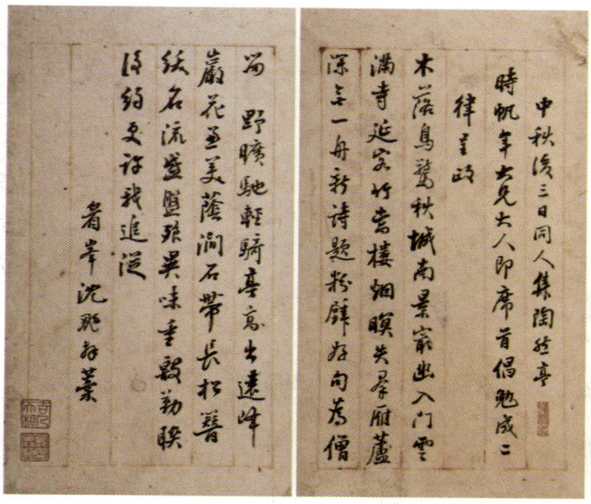

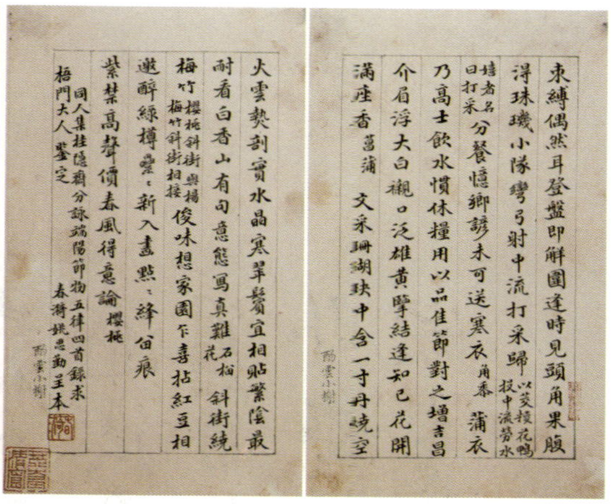

右 姚思勤墨迹

左 沈飏墨迹

简寄示，敬待补钞。』

『朋旧中如吾山、梧冈、纯斋诸君，皆有专集而所见特少，端崖、兰公、荣山、筠岩诸君，皆有传作并不得一见，屡勤探访，始终阙然，为之扼腕。』

『……乾隆壬午科已前为第一段落，以余始生之为年定。乾隆庚子科已前为第二段落，以余登第年定之。嘉庆己巳科已前为第三段落，以余成书之年定之。仕隐俱败，殁存并录。』（《存素堂文集·续集》卷一）

这种作诗，招饮名流，唱诗作画，名震朝野，当然也是扬名立万、跃登龙门的捷径。连袁枚这样的大诗人和乾隆年间的卓越社会活动家，也要借助法式善的诗龛应征和诗。可见法式善的诗龛之『坛坫尊』（洪亮吉语）。（见袁枚《小仓山房诗文集》卷十，第一册，上海古籍出版社，1988年，219页，其诗原题为《任处泉太守在山阴得陆放翁快阁故址自倡七律四章托石帆学士代征和者》）。

概括地说，法式善的诗龛是乾嘉之际以诗歌创作兼及文人画创作，沟通各界人士、满蒙汉各界精英的平台和窗口，是名人扩大影响，官政要员借以表现文雅内谦品质，无名之人借以扬名天下、结识贤达求取功名的『龙门』。客观上，法式善的诗龛起到了一个沟通满蒙汉士人的精神认同的作用。

怎样从这样的角度研究法式善在乾嘉之际的历史作用，还是一个有待深入研究的课题。

任承恩字畏壘

仲秋招同
時帆大司成蒼禪存蘭士二公游
蒼雪菴三首
蒼雪久廢遊勝侶時或寡何意
速謀來畫得高吟者巖花爲我
開清寂爲我濯還期結茅節生
卧水菴下
漱玉還已甘掬月手未冷百丈空

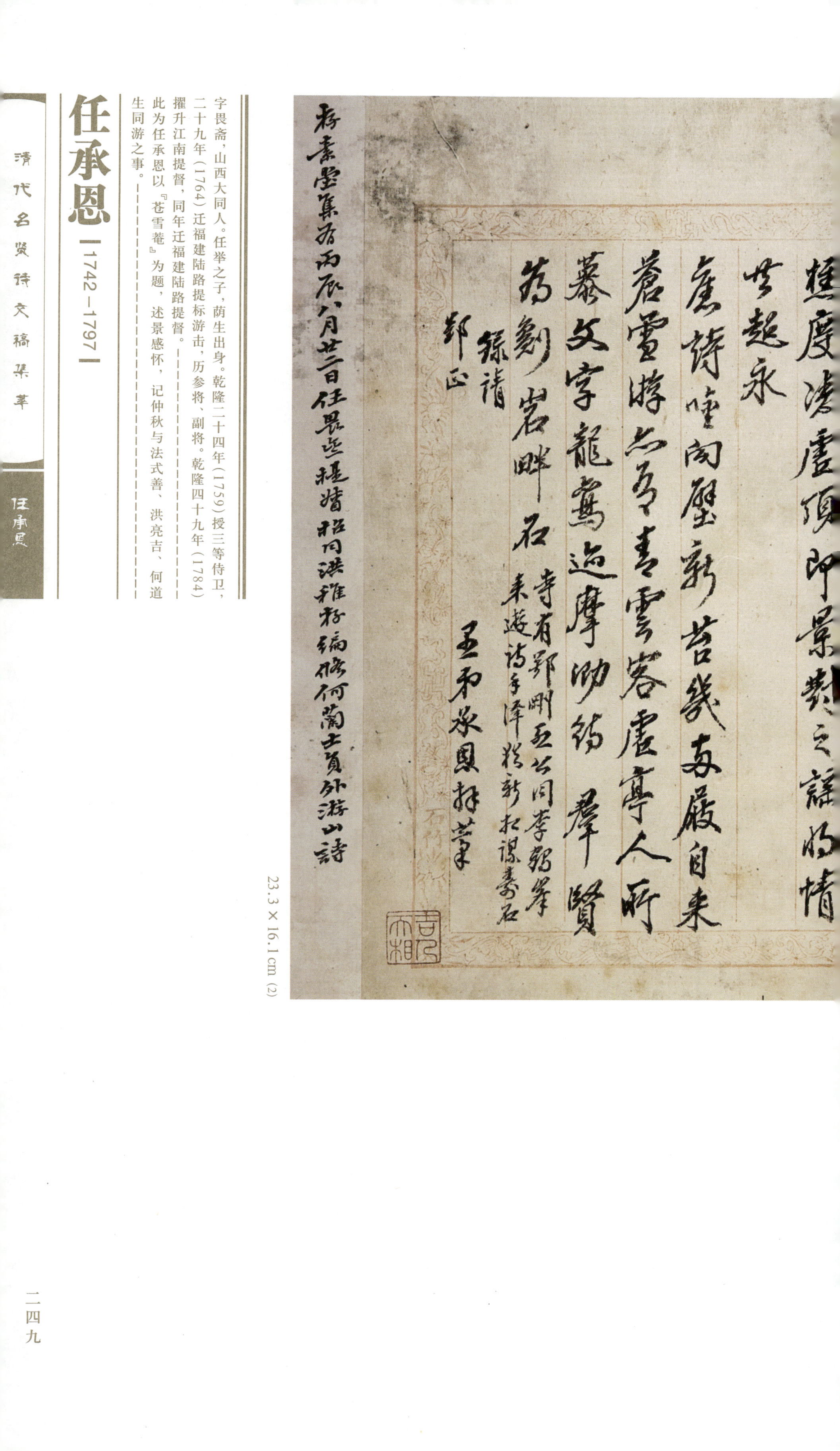

任承恩

（1742—1797）

字畏斋，山西大同人。任举之子，荫生出身。乾隆二十四年（1759）授三等侍卫，二十九年（1764）迁福建陆路提标游击，历参将、副将。乾隆四十九年（1784）擢升江南提督，同年迁福建陆路提督。

此为任承恩以『苍雪庵』为题，述景感怀，记仲秋与法式善、洪亮吉、何道生同游之事。

23.3×16.1cm (2)

释文

仲秋招同

时帆大司成暨稚存、兰士二公游

苍雪庵三首

苍雪久废游，胜侣时或寡。何憙连袂来，尽得高吟者。
岩花为我开，清泉为我洒。还期结善茆，坐卧水帘下。

漱玉齿已甘，掬月手未冷。百丈空潭侧，天风撼林影。
僧归别峰寺，樵度凌虚顶。即景对之谣，将情共超永。

旧诗吟向壁，新苔几两屐。自来苍雪游，亦有青云客。
虚亭人所慕，文字龙鸾迹。摩泐待群贤，为劖岩畔石。

寺有鄂刚烈公同李鹤峰来游诗，手泽犹新，相谋寿石。

录请郢正　　　　愚弟承恩拜稿

任承恩与法式善、洪亮吉、何兰士的此次游苍雪庵（即宝藏寺），三人均有记录并作诗记观感。

洪亮吉：『八月二十二日侵晓出西便门抵海淀约任将军门承恩共游西山因小憩官廨待法式善何水部道生作』（《洪亮吉集》第二册，中华书局，2001年，889页）。其诗甚长，此处不录，备查。

何兰士《双藤书屋诗集》卷八，丙辰年至丁巳记载『任畏斋协镇承恩招同时帆稚存，游宝藏寺六首』。最后一首和任承恩一样写到『刚烈公鄂容安』游寺诗。

法式善《存素堂诗初集录存》卷六记载『八月二十二日任畏斋承恩提督招同洪稚存编修、何兰士员外游山』。

法式善写了好几首游览诗，说到了宝藏寺，也写到了『读鄂刚烈壁上诗』。

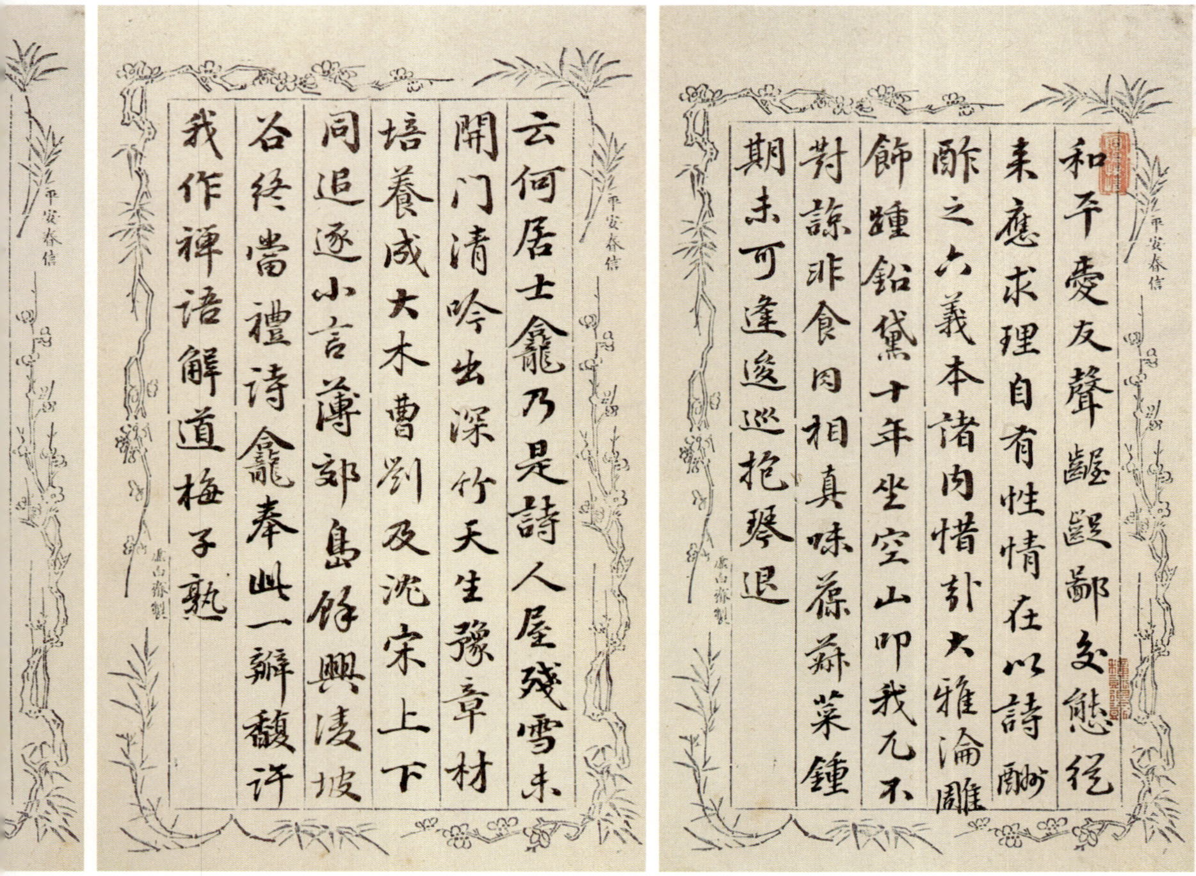

汪學金廷璵子字杏江江南镇洋人乾隆辛丑進士散館授编修歷官庶子

释文

和平爱友声，龌龊鄙交态。从来应求理，自有性情在。以诗酬酢之，六义本诸内。惜哉大雅沦，雕饰踵铅黛。十年坐空山，叩我几不对。谅非食肉相，真味葆蔬菜。钟期未可逢，逡巡抱琴退。

云何居士龛，乃是诗人屋。残雪未开门，清吟出深竹。天生豫章材，培养成大木。曹刘及沈宋，上下同追逐。小言薄郊岛，余兴凌坡谷。终当礼诗龛，奉此一瓣馥。许我作禅语，解道梅子熟。

朝登金马门，旦集石渠阁。谁知山泽臞，性弗违邱壑。喜招（眷兹）素心友，惠然莫我却。过从有比邻，斗酒聊为乐。人生大块间，萍水偶相著。旷怀古之人，既往不可作。春园桃李花，来践东风约。诸公有看花之约。

梧门老前辈偕蔡铁华、姚秋农两太史从书局退直过余，并招鲍雅堂先生小集。剪烛论诗而罢。翌日惠诗三章，因和韵奉酬，即请是正

侍汪学金初稿

汪学金（1748—1804）

字敬箴，号杏江，晚号静厓，江苏镇洋（今太仓）人。乾隆四十六年（1781）进士，授编修。嘉庆中官至左庶子。少时师事朱珪，为学兼通佛典。晚岁营静厓小筑，水竹弯环，梵磬龛灯，『俨然世外。常以『毋虐取，毋奢用』诫子。有《井福堂文稿》《静厓诗集》。

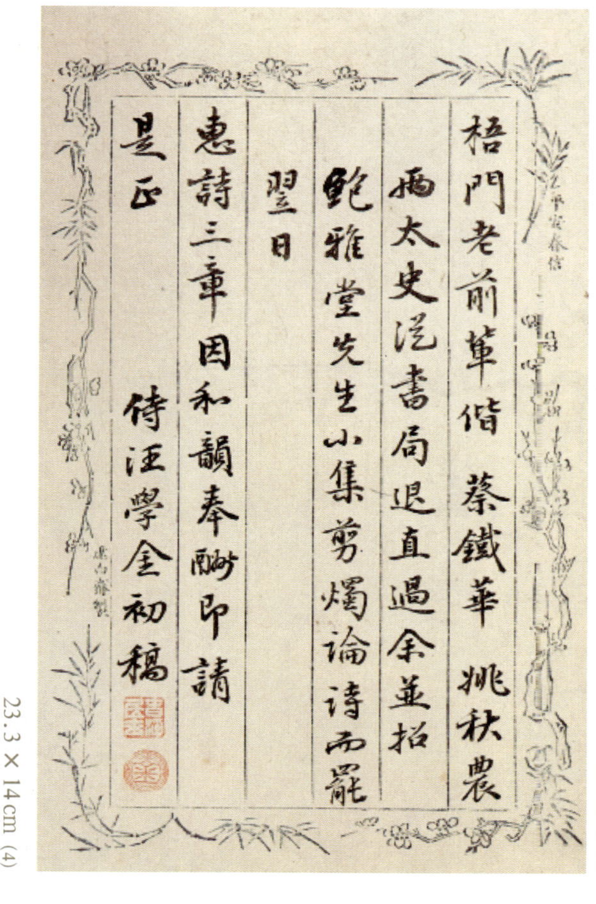

聊為樂人生大塊間萍水偶相著曠懷古之人既往不可作春園桃李花來踐東風約諸公有看花之約

梧門老前輩偕蔡鐵華　姚秋農洒太史從書局退直過余並招飽雅堂先生小集剪燭論詩而罷

翌日

惠詩三章因和韻奉酬即請

是正　侍汪學金初稿

23.3 × 14cm（4）

法式善《存素堂诗初集录存》卷九『次汪杏江招同人柏林寺看花，用东坡送黍寮韵邀诸君子游极乐寺：山水浇肺肠，春堂坐亦冷。松柏被阳和，黝然抱孤颖。岂知文字绰，幽光寸田炳。……』

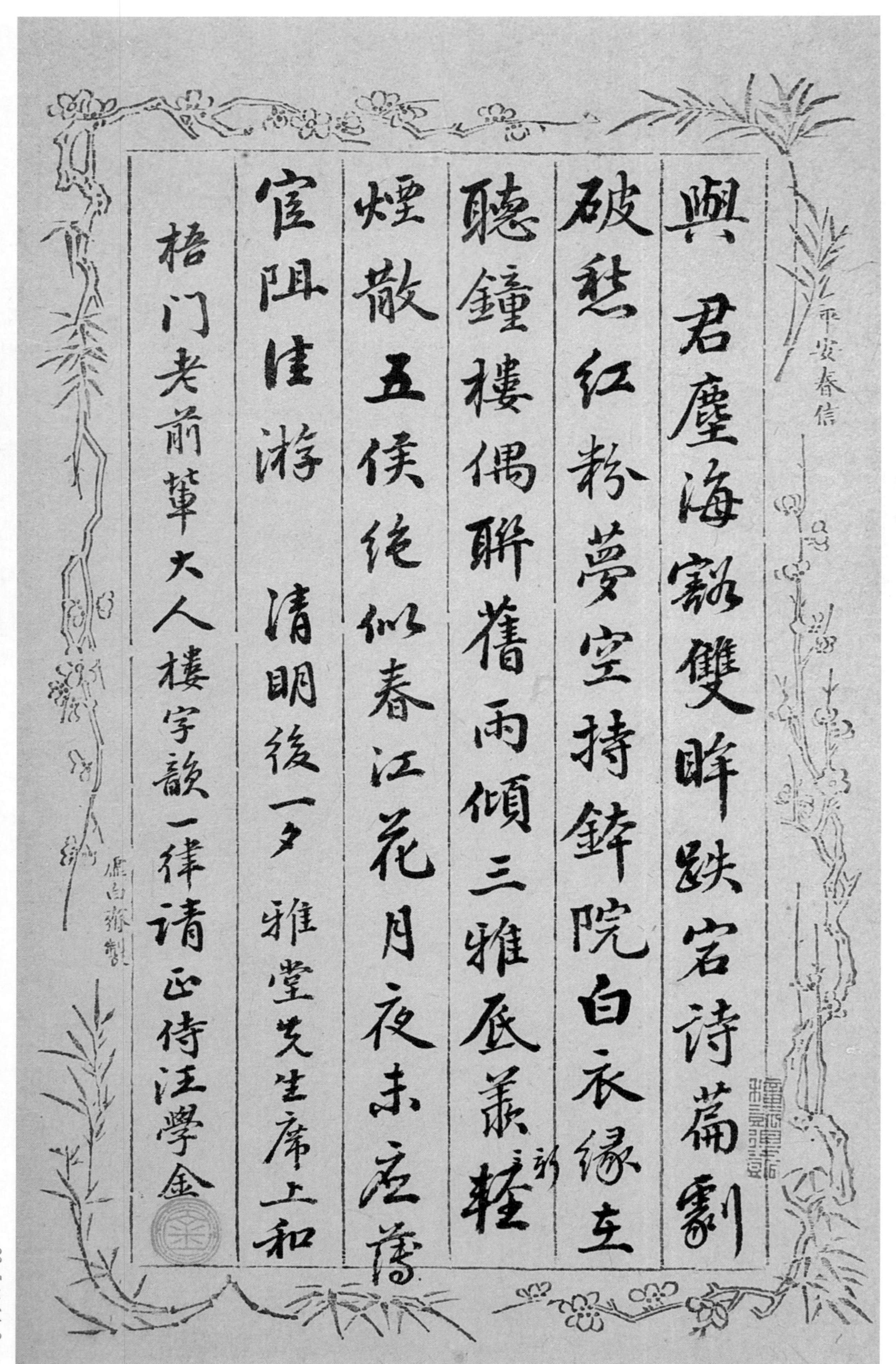
与君尘海数双眸，跌宕诗篇剧破愁。红粉梦空持钵院，白衣缘左听钟楼。偶联旧雨倾三雅，底羡轻烟散五侯。绝似春江花月夜，未应宦阻佳游。　清明后一夕雅堂先生席上和梧门老前辈大人楼字韵一律请正　侍汪学金

23.5 × 14.2cm

释文

与君尘海豁双眸，跌宕诗篇剧破愁。红粉梦空持钵院，白衣缘在听钟楼。偶联旧雨倾三雅，底羡轻（新）烟散五侯。绝似春江花月夜，未应薄宦阻佳游。

清明后一夕　雅堂先生席上和

梧门老前辈大人楼字韵一律请正　　侍汪学金

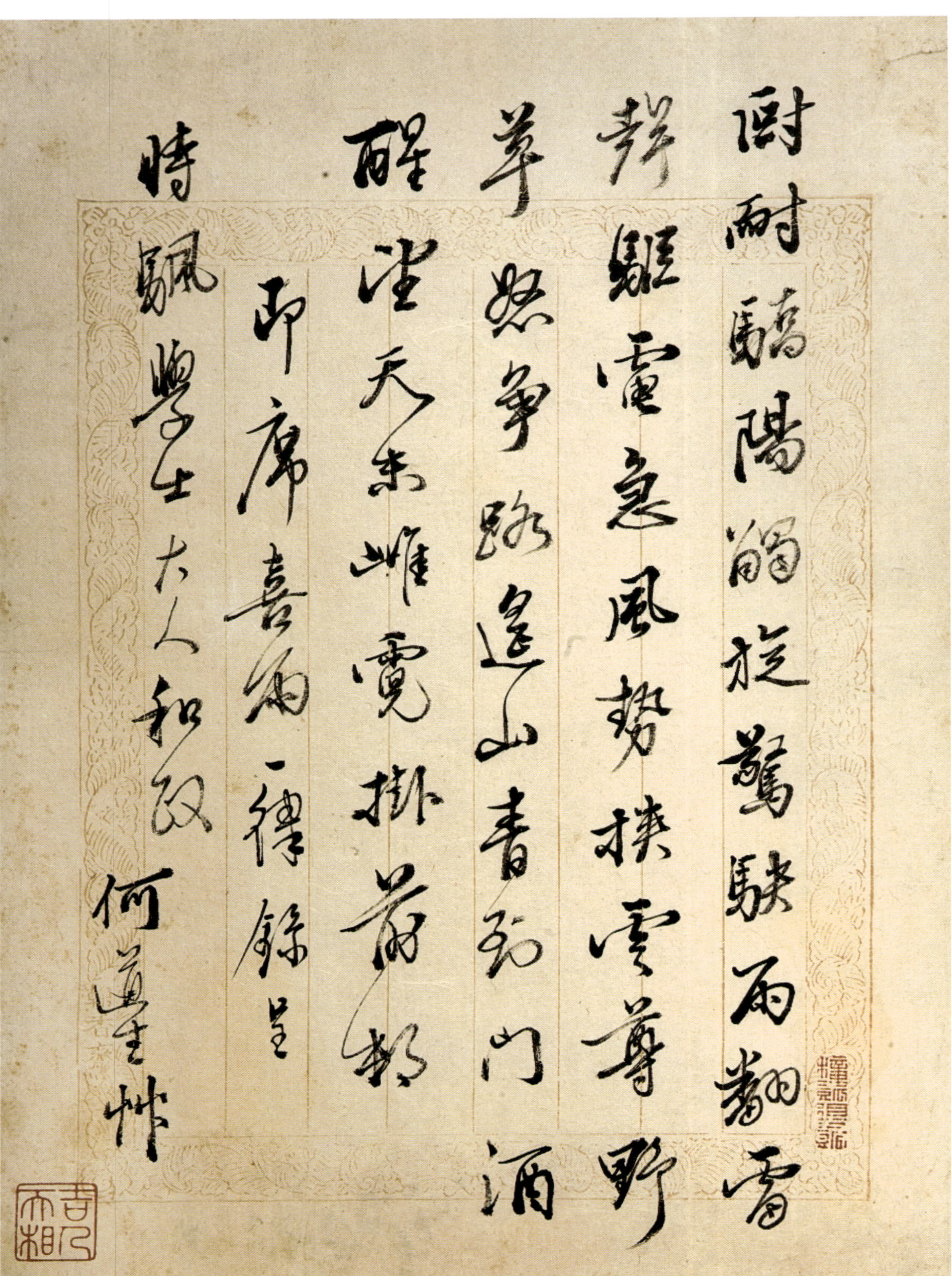

23.2×16.5cm

何道生（1766–1806）

字立之，号兰士，又号菊人，山西灵石人。乾隆五十二年（1787）进士。历工部主事、员外郎、郎中，迁御史。嘉庆间历任九江、宁夏知府。工诗，与法式善、张问陶、杨芳灿等唱和。其诗疏爽雄健，出入昌黎、剑南之间，为王昶所称。善画山水，笔墨清雅，文秀之气扑人眉宇。尝自言：『与其苍老而有霸气，何如秀弱而存士气？』人以为知言。有《方雪斋集》。此《喜雨》诗为何道生即席赋就，书呈法式善请正。

释文

巨耐骄阳触，旋惊驶雨翻。雷声驱电急，风势挟云尊。
野草怒争路，遥山青到门。酒醒望天末，雌霓挂前村。

即席喜雨一律录呈

时帆[①]学士大人和政

何道生草

一、《存素堂诗初集录存》卷二

『和何兰士喜雨诗

残暑清荷渚，夕凉生柳门。蛟龙挟海至，鸟雀向林翻。
万叶空山响，孤亭白昼昏。卖花翁早至，青菜种间轩。』

二、法式善《梧门诗话》卷一载：

『壬寅六月二十八，夜雨。英梦堂相国宿庐，作《喜雨》诗，嘱词馆诸君和韵，一时如程鱼门、平宽夫、李松云、吴谷人皆有诗。相国独赏许石泉编修作，英特不羁。诗云：「元老勤宵直，飞甘雨作涛。云连三辅润，天减万民劳。灯火收光入，蛟龙得气嚣。东南浑水涨，慎勿助风豪。」』

（凤凰出版社，2005年，38页）

注
①时帆即法式善。

蔣攸銛字礪堂漢軍鑲藍旗人乾隆甲辰進士散館授編修官四川總督

瀛洲亭池冰初泮仍用前韻賦七言律

呈

政

蓬池清淺不揚塵七見長安作好春
免俗未能同北阮餘光可照鼓東鄰浴
沂風志仍前度逝水年光又更新翹
首御溝楊柳色猶寒留待染衣
人
華

攸銛再稿

19.3×12cm

蒋攸铦（1766—1830）

字颖芳，号砺堂，辽东襄平人，隶汉军镶红旗。乾隆四十九年（1784）进士，授编修。历官文渊阁大学士、四川总督、直隶总督、军机大臣、两江总督等。精敏强识，长于察吏，所举荐之人后多以事功著名。谥文勤。有《绳枻斋诗集》《黔轺纪行集》。

前诗写初春景，后诗为应法式善宴集所作。

释文

瀛洲亭池冰初泮仍用前韵赋七言律呈政

蓬池清浅不扬尘，七见长安作好春。免俗未能同北阮，余光可照轶东邻。饮冰夙志仍前度，逝水年（光）又更新。翘首御沟杨柳色，凝寒留待染衣人。华

攸铦再稿

上元後四日

時帆老前輩大人招飲齋中口占錄請

誨正

燕九逢佳節招携及早春學推經有庫居羨德為鄰（借用德鄰意謂不如德厚圃前輩之鄰居可常請益也）畫餅虛名忝傳柑樂事新侏儒應笑我果腹飲河人

晚蔣攸銛初稿

19.3×12cm

释文

上元后四日时帆老前辈大人招饮，斋中口占 录请诲正

燕九逢佳节，招携及早春。学推经有库，居美德为邻。借用德邻意谓不如德厚圃前辈之邻居可常请益也画饼虚名忝，传柑乐事新。侏儒应笑我，果腹饮河人。

晚 蒋攸铦初稿

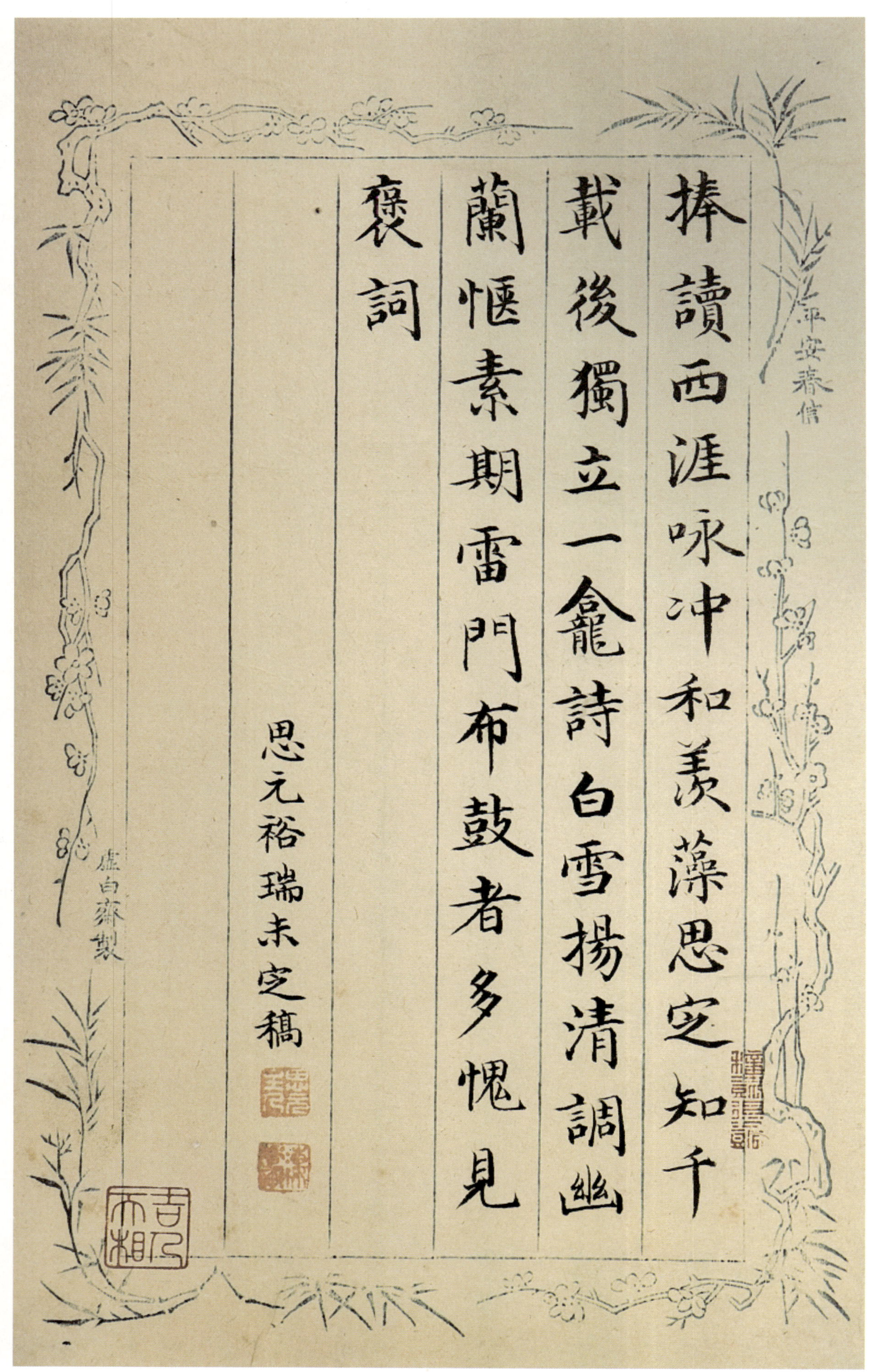
捧讀西涯咏冲和羡藻思定知千載後獨立一龕詩白雪揚清調幽蘭愜素期雷門布鼓者多愧見褒詞
思元裕瑞未定稿

23.5×14.2cm

裕瑞

1771—1838

爱新觉罗氏，字思元，豫通亲王多铎裔。封辅国公。工诗善画，通西番语。尝画西洋地图。又用藏文佛经校汉译本，以复佛经唐本之旧，达数百卷。有《思元斋集》《枣窗闲笔》。时法式善主盟诗坛，常于诗龛、西涯招饮雅集。此诗当为裕瑞咏法式善主持的文人雅集所作。

释文

捧读西涯咏，冲和美藻思。定知千载后，独立一龛诗。

白雪扬清调，幽兰惬素期。雷门布鼓者，多愧见褒词。

思元裕瑞未定稿

春入仙龕早開軒望遠山詩情共花
發宦跡比雲閑念友心逾摯憐才興
未刪趁庭歸去得遥話紫宸班
壬戌四月将出都門
時帆老伯大人枉詩見賜依韻奉別即求
誨政
陽湖愚姪洪飴孫呈稿

26.3×13.5cm

洪饴孙（1773—1816）

字孟慈，又字佑甫，江苏阳湖人。洪亮吉之子。嘉庆三年（1798）举人。官湖北东湖县知县。博览群籍，锐于思辨。短命而殁，闻者哀之。有《补三国职官表》《补续汉艺文志》《毗陵艺文志》《世本辑补》《青埵山人诗》等。此为嘉庆七年（1802）洪饴孙离京，依韵酬答法式善赠别诗所作。

释文

春入仙龛早，开轩望远山。诗情共花发，宦迹比云闲。
念友心逾挚，怜才兴未删。趋庭归去得，遥话紫宸班。

壬戌四月将出都门

时帆老伯大人枉诗见赐，依韵奉别，即求

诲政

阳湖愚侄洪饴孙呈稿

花中隱逸莫如菊宛似高僧絕塵俗笑逢佛寺菊花天
兩兩相看澹無欲重陽將近花將黃準擬揷帽香馥馥
今年開較去年遲蹇裳欲采不盈匊先生結伴來招
提不厭街泥車轣轆語也未獲與勝遊相期他日尋芳
躅去家盆盎弄寒姿坐對忘言契幽獨頻年寄跡春明
門回首園林徒睇目憶昔藻字釀花英玻璃盈泛新醅
綠何當攜手擷東籬酒成好佐棋花粥

擬和重九前日同人集敬寺尋菊之作錄札

時帆大人削正

敷山陳希濂未定稿

23.4 × 15.9cm

陈希濂

字秉衡，号瀫水，浙江钱塘（今杭州）人。嘉庆三年（1798）举人。工隶书，精鉴赏，喜收藏名家扇面，积到数百叶。擅长画写意花卉，具有陈淳笔法。与黄易最相契。有诗集八卷。

此为陈希濂拟和友人踏郊寻菊诗，书呈法式善。

释文

花中隐逸莫如菊，宛似高僧绝尘俗。笑逢僧寺菊花天，
两两相看澹无欲。重阳将近花将黄，准拟插帽香馥馥。
今年开较去年迟，褰裳欲采不盈匊。先生结伴来招提，
不厌街泥车軂辘。濂也未获与胜游，相期他日寻芳躅。
吾家盆盎弄寒姿，坐对忘言契幽独。频年寄迹春明门，
回首园林徒睇目。忆昔汉宫酿落英，玻璃杯泛新醅绿。
何当归去撷东篱，酒成好佐梅花粥。

拟和重九前一日同人崇效寺寻菊之作录求

时帆大人削正　　瀫水陈希濂未定稿

此和诗收入法式善《存素堂诗初集录存》卷二十一。题『重阳前一日汪研芗招同人枣花寺探菊』。

释文

父黄文旸，字秋平。衍圣公孔庆镕代刻扫垢山房诗钞。母黄张因，字净因，工花卉。阮云台中丞孔经楼夫人代刻绿秋书屋诗钞。甘泉黄金，字无假，一字小秋，丹徒翠屏洲人。王豫，字柳村，代刻何莫编诗集，托歙县江部郎得禄字元卿转呈钧电如未收到，恐不弃寒微，下赐手教，可由吴荫华太史椿之叔吴杜村太史绍浣寄来。

谨将一门三集呈上。

甘泉黄金小秋谨顿首呈书

法时帆大人阁下

黄金

字无假，一字小秋，江苏丹徒翠屏洲人。黄氏一家均能诗，并与镇江诗人王豫一家友善。黄母时常参加由阮元、王豫两大家族女眷为主要成员的女性诗文团体『曲江亭诗社』。

此为黄金致法式善书信，讲述将黄氏一门三人诗集辗转请人代刻并转呈法式善之事。

22.5×34cm

濺盡窮途淚傷心去住難西風吹古道一夕理歸鞍有友孳堪寄謂熊夢菴太史臨歧語倍酸故園何日達雲棧路漫漫

送張船山歸蜀一首錄呈

時帆大前輩大人削正

館後學何元烺初稿

何元烺恩鈞子字硯農號歸伯用山西靈石人乾隆丁未進士散館改戶部主事出官知府

19.8×13.3cm

何元烺

原名道冲，字良卿，一字伯用，号砚农，山西灵石人。乾隆五十二年（1787）钦点翰林院庶吉士。与同胞兄弟何道生同年登科。散馆改户部主事，官御史、广西太平知府署。有《砚农集》。

此为何元烺送张问陶归蜀诗，录呈法式善请正。

释文

洒尽穷途泪，伤心去住难。西风吹古道，一夕理归鞍。有友拏堪寄，谓熊梦蕃太史。临歧语倍酸，故园何日达，云栈路漫漫。

送张船山归蜀一首录呈

时帆大前辈大人削正

馆后学何元烺初稿

释文

中秋后三日同人集陶然亭时帆年大兄大人即席首倡，勉成二律呈政

木落鸟惊秋，
城南景最幽。
入门云满寺，
延客竹当楼。
烟暝失群雁，
芦深无一舟。
新诗题粉壁，
好句为僧留。

野旷驰轻骑，
亭高出远峰。
岩花兼美荫，
洞石带长松。
簪绂名流盛，
盘飧异味重。
殷勤联后约，
更许我追从。

眉峰沈䬟拜稿

沈飏

前诗为沈飏参加法式善组织的陶然亭中秋雅集时所作。后诗为法式善招同许香岩、洪亮吉、张道渥、李銮宣、吴季游等人游极乐寺看荷花，沈飏所作纪游诗。

24.6×14cm (2)

法式善《存素堂诗初集》卷三载：『中秋后三日陶然亭同年雅集

秋色一亭迥，客杯生酒杯。数公交契久，十载唱酬缆。云断雁长叫，官闻鸥莫猜。疏林踏黄叶，不为看花来。』

（《续修四库全书》，476，集部，别集类，487页。）

法時帆先生招同許秋巖洪稚存張水屋運判李石農比部吳季游極樂寺看荷花水屋作圖紀之分韻題咏并得游字

西郊古寺清且幽門前塵翠交平疇入門花香襲衣袂嫣紅姹紫娛娛眸是時赤日熾如焚趙盾殺通知寄曲清涼佳息心骨悼鳴蘭樹漾風過主人命酒肆意飲快來瓜雪藕斟玲瓏水芝紅艷香滿叢綠波浸影濃於油花紅水綠兩蕩漾水憐花態無端流激風吹然未中流翠蓋款側翻輕扇持林當風揮之酒香花氣相況浮是花世界即此是無量西方求我今得此緣吟侶無乃夢作恒河游座有畫手老詩伯十指疲動生趣把興酬夜宿不肯往但覺晨雨夜驚秋國成相視一咲竹林雅集真吾儕人生良会不易得此詩此畫應永留

久不握筆卒爾為此殊覺鄙俚果堪謹先錄呈

前政伏惟賜言是幸

許吳二公當歸[illegible]謂[illegible]

示知 大作如已脫藁即求 示教

23.2×16.5cm

释文

往时帆先生招同许香岩、洪稚存编修、张水屋运判、李石农比部、吴季游极乐寺看荷花，水屋作图纪之。分韵题咏拈得游字

西郊古寺清且幽，门前远翠交平畴。入门花香袭衣袂，嫣红姹紫娱双眸。是时赤日炽空际，赵盾欲通知无由。清凉倏忽沁心骨，蝉鸣万树凌风道。主人命酒肆豪快，冰瓜雪藕欺珍羞。水芝红艳香河柔，绿波浸影浓于油。花红水绿雨旖旎，水怜花态无端流。微风泠然来中洲，翠盖欹侧翻轻沤。持杯当风风拂拂，酒香花气相沉浮。莲花世界即此是，乐土宁必西方求。我今得此缘何修，无乃梦作恒河游。座有画手老诗伯，十指瘦劲生蛟虬。兴酣落纸不肯住，但觉墨雨飞高秋。图成相视各一笑，竹林雅集真吾俦。人生良会不易得，此诗此画应长留。

久不捉笔，率尔为此，殊觉艰涩异常。谨先录呈削政，伏惟尽言是幸。许吴二公字号称谓，祈并示知。大作如已脱稿，即求示教。

沈飏此诗为和以下诸诗：

法式善《存素堂诗初集录存》卷三

『七月四日邀同人饭于诗龛出西直门看荷花至极乐寺

鸥尚有浮沉，人岂无聚散。良朋惠然来，幽情惬清旦。溪流息市尘，秋雨迟晨爨。言出西直门，心闲耳目换。』

何兰士《双藤书屋诗集》卷三，记载：

『法式善招同年许香岩封君兆柱 洪稚存编修亮吉 张水屋运判道渥 李石农比部鉴宣 吴季游明经方南 邀极乐寺看荷花，水屋作图纪之，分韵拈得游字：

西郊古寺清且幽，当门远翠交平畴。入门花香袭衣袂，碧铜磨镜清双眸。种花地多佛地少，万花供佛佛不愁。是时赤日炽空际，赵盾欲避知无由。主人命酒肆豪快，冰瓜雪李欺珍羞。芙蕖万柄红香柔，绿波倒影浓于油。……人生良会不易得，此诗此画应长留。』

《洪亮吉集》第二册，第654—655页（中华书局，2001年）记载了此次邀寺观看的情景。时间为七月初四日，邀极乐寺看荷花，出西直门三里而近，有极乐寺焉云云。应与法式善七月四日为同一时间，但没有写具体同行人。何兰士和洪亮吉均具体写了几人，但却没有记沈飏，此人此时地位较低。

束縛偶然耳登盤即解圍逢時見頭角果腹
得珠璣小隊彎弓射中流打采歸以茭粽花鴨投中流勞水
嬉者名曰打采分餐憶鄉諺未可送寒衣角黍蒲衣
乃高士飲水慣休糧用以品佳節對之增吉昌
介眉浮大白襯口泛雄黃擘結逢知己花開
滿座香菖蒲文采珊瑚玦中含一寸丹燒空

酌雲小榭

释文

束缚偶然耳，
登盘即解围。
逢时见头角，
果腹得珠玑。
小队弯弓射，
中流打采归。
以茭粽花鸭投中流劳水嬉者名为打采。
分餐忆乡谚，
未可送寒衣。角黍
蒲衣乃高士，
饮水惯休粮。
用以品佳节，
对之增吉昌。
介眉浮大白，
衬口泛雄黄。
揽结逢知己，
花开满座香。菖蒲
文采珊瑚玦，
中含一寸丹。
烧空火云热，
剖实水晶寒。
翠鬟宜相贴，

姚思勤（?—1793）

字汝修，号春漪，钱塘（今浙江杭州）人。乾隆五十四年（1789）举人。广交游，勤著述。居仁和定香寺巷，中庭桂树一枝，为数百年物，遂名其堂曰『桂堂』，又自号曰桂隐。计偕北上，开设坛坫，一时名公卿皆与之游。旋以病殁都门，人咸惜之。有《东河棹歌》《东河棹歌诗注》等。

此组诗为姚氏与友人雅集，分韵题咏端午民俗节物所得，书呈法式善请正。

21 × 12.9cm（2）

繁阴最耐看。白香山有句，意态写真难。石榴花

斜街绕梅竹，樱桃斜街与杨梅竹斜街相接。俊味想家园。乍喜拈红豆，相邀醉绿樽。累累新入画，点点绛留痕。紫禁高声价，春风得意论。樱桃

同人集桂隐斋分咏端阳节物五律四首录求

梧门大人鉴定

春漪姚思勤呈本

祝堃字簡田順天大興籍浙江海鹽人乾隆辛丑進士散館授編修

厚亭亭對淨植出自泥中蕤華壽語誰好
句屢見眉（竹尹句云蓮子含苦心此中豈無眉）省臺問二三還疏
尋求否（竹尹嘗藉印章用元韻見贈三疊韻答之）
極目蒼波萬頃紅（朱竹尹）迷離烟雨滿途共（祝簡田）倚
樓似坐共蓬下（橙門）入畫偏來鬧市中（西研齋）洗出山
光當樹缺（青豈亭）吹將去筆過湖東（查南廬）風狂
擊鉢催詩就竹閣凭闌干快晚風（南廬）得雨樓聯句
近句彙呈
橙門老前輩大人政誨
侍祝堃未定藁

貽經仿古

23.7×15.6cm

祝堃

字简田，顺天大兴籍，浙江海宁人。乾隆四十六年（1781）进士，散馆授编修。曾参与编修《四库全书》。

此诗为祝堃与西清、法式善等人雅集联句。

释文

……厚。亭亭对净植，出自泥中藕。苦心当语谁，好句属君有。竹尹句云：莲子含苦心，此中岂无有。省台问二公，还能寻乐否。竹尹典簿即席用元韵见赠，三叠韵答之。

极目沧波万顷红朱竹尹。，迷离烟雨满遥空祝简田。。倚楼似坐吴篷下梧门，入画偏来燕市中西研斋。。洗出山光当树缺书望亭。，吹将花气过湖东查南庐。。酒狂击钵催韵就竹，闲凭阑干快晚风南。得雨楼联句。

近句汇呈梧门老前辈大人　政诲

侍祝堃未定稿

法式善《祝简田太史次拙韵约登得雨楼看荷》

『先生过爱我，不觉忘我丑。岂知日偃蹇，老比西涯柳。亦时思振刷，万虑纷结纠。开拓万古胸，或籍几朋友。』

（《存素堂诗集》，538页）

法式善《存素堂诗初集录存》卷九

有诗记之『雨中祝简田堃太史暨郎君红泉崧三秀才以诗龛图诗见贴』，其自谦道：

『诗龛茅屋耳，仅足蔽风雨。四海说诗文，图成快生嗜。』

（《续修四库全书》476册·集部·别集类，536页。）

第三辑

徐立纲《家庆图》题墨

据浙江绍兴富盛镇璜溪徐氏宗谱记载，徐立纲，字条甫，号百云、铁崖，是这支徐姖族的十六世孙；乾隆乙未年（1775）进士，同年以编修任安徽学政，乾隆四十四年主持己亥恩科湖南乡试主考官（法式善《清秘述闻》上册，中华书局，1982年，256页，325页）。乾隆年间由『聚珍堂』刊刻有上虞徐立纲辑著作多种：《礼记旁训辩体合订》卷一、三、五，《书经》卷三卷四，《八卦方位宋传》一卷，《大衍宋传》一卷，《大衍一说》一卷。据《绍兴市志》第三十七艺文载，徐立纲还著有《五经旁训》（乾隆四十七年吴郡张氏刊本），《周易签证》四卷，《周易二间记》三卷，《读易日札》一卷，《易讲会签》一卷，《两学益记》一卷等。看来，徐立纲对《周易》用心最多。

此《家庆图》题墨，据童大年跋诗所述，大致描述了此册的流传。到童大年的年代（1874—1955），此册题墨所云之《家庆图》已不见，墨册也已被徐家后人转于他人并流于市肆。恰巧为其中的题墨者徽州人朱理的后人朱干臣重金购得并加以重新装潢。或许徐氏后人转手他人之时，因图上有祖先影迹，故而撤下，亦未可知。

但今天看来，图反而不重要，倒是题墨十分珍贵。概括地说，约有三点。

童大年墨迹

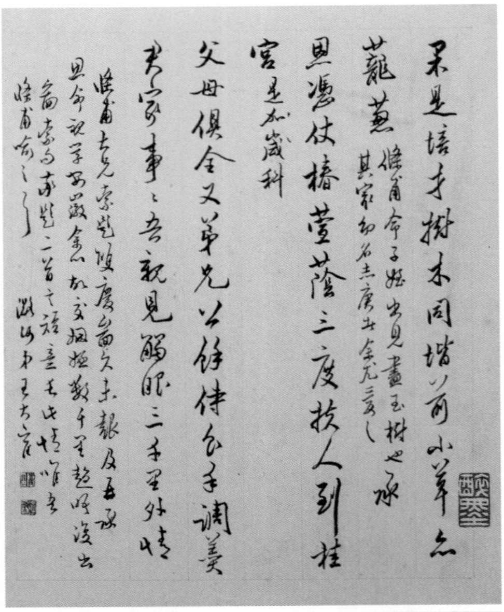

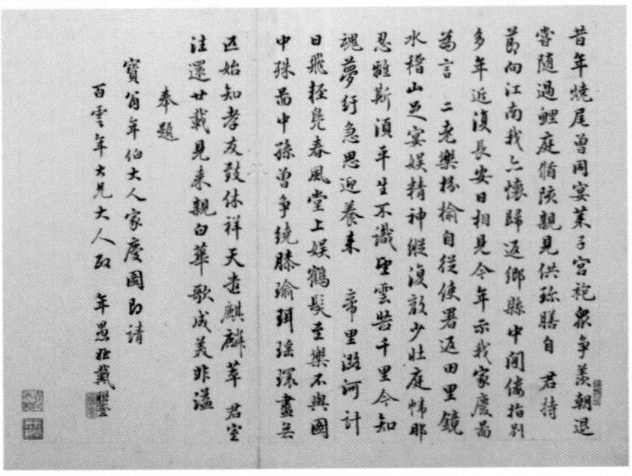

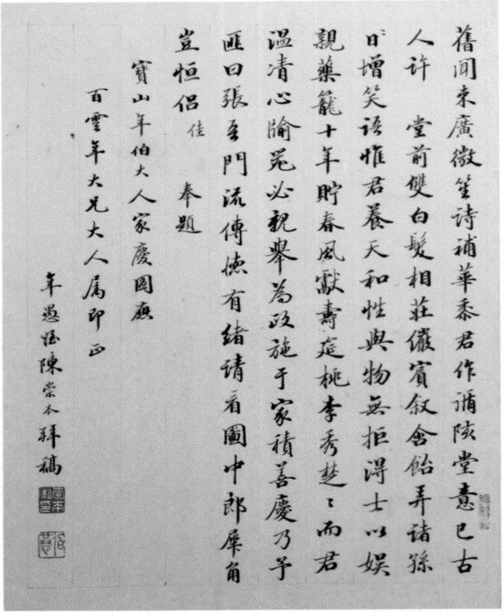

一、封建社会家族忠孝文化的直接见证

《孝经》所构筑的以血缘宗法为枢纽的人伦理序并力求推及社会臻至完满境界，徐立纲的《家庆图》及其题墨可谓是反映了徐立纲所生活的年代的人们所追求的最高境界。

从王大鹤的题诗可见，徐立纲的每一帧题墨虽为小小一页纸，却费尽周折，孜孜以求，以表达他的尽忠尽孝之举。

戴连奎的题诗写到徐立纲在外为官，以天下为己任，忠于职守，同时又时时思乡心切，尽孝之情时刻不忘，言情动容，每为题墨者所感动。

陈崇本的题诗论叙结合，虚实互用，写出了观赏《家庆图》的意、情、动态，甚至听到了天人合一的悦耳的声音。

上 王大鹤墨迹
中 戴连奎墨迹
下 陈崇本墨迹

洪亮吉的题诗可谓为典型代表：

『筑室遥邻宣武坊，五云深处景偏长。南荣早署南陔字，绝胜人间昼锦堂。

『浮荣争羡黑头公，当与君家拜下风。亲发未斑孙已抱，几生修得到图中。』

居处如仙境，其屋胜锦堂，父母发黑已抱孙，更有像徐立纲这样的孝子为君尽忠，可谓家盛人寿人丁繁茂。

这里把《孝经》所构筑的人伦理序、忠孝仁义与宗法社会的生命忠实践履者的结合达到了至高的境界。孝之为本，发肤受之父母，以立身行道扬名于世，为孝之最高境界。所谓『孝始于事亲，中于事君，终于立身。《大雅》云，「无念尔祖，聿修厥德」』即此之谓也。而这也正是那个时代的无数个徐立纲们的夙愿。徐立纲所精心汇聚的这册《家庆图》题墨真是这种道德诉求的不可多见的标本！

二、东南地区特别是江浙地区，《家庆图》的表现定式的最高代表

据有关专家研究披露，浙江萧绍地区自古便有画祖宗像的传统，一般分为大首、云首、整身、行乐图四类。大首为头像，云首为上半身，整身像又称衣冠像、冠靴像等。行乐图亦称家庆图，一般民间甚少，多为官宦人家，样式多为人物置于环境之中，山水人物、楼台亭榭，父祥母慈、子孙满堂。可称之为这个时代的全家福，但又超越于今天的『全家福』的是：还得交待出他们所生活以及那个时代所崇尚的生活情境，诸如闲雅从容、诗书传家、山水楼台、多世同堂等等，表达那个时代的世俗愿景。（参阅屠勇剑：《萧绍地区的肖像画》，Http://www.e0575.cn/read php?tid=989383）

近年流传面市有两件家庆图，一为李鸿章七十岁生日时的《李府家庆图》，一为黄宾虹十六岁，其父黄定华四十九岁时，他的老师义乌画家陈春帆为他们家画的家庆图。李的家庆图宾客满门，可见来者皆贵胄，往来无白丁。而黄的家庆图，背景楼宇井然错陈，展现的是一个家境殷实、母慈子孝、耕读传家的和睦景象。

《洪亮吉集·家庆图序》为朝议大夫、刑部建司郎中赵先生『家庆图』作序可与此『家庆图』对应：

合肥相国七十国寿图附寿言（图片来源：《翰海二〇〇六年春季拍卖会—古籍善本专场》2006年，1712号）

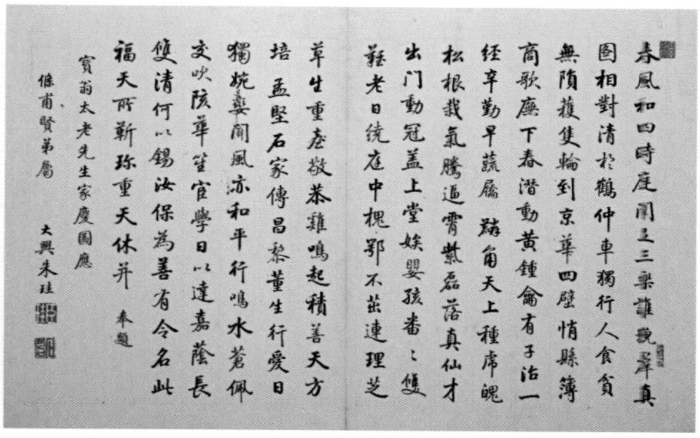

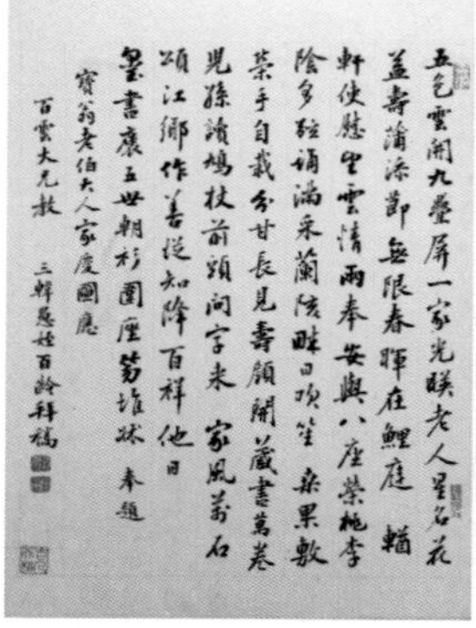

右 朱珪墨迹

左 张百龄墨迹

前边述其家门繁盛，『五世服官，能通衣履。少有奇童之目，长有伟士之称焉』。所居胜地，所学有成，为官有功绩云云。

『庚子岁，上幸东南，遂观于海。虞延觐道，九重颁内府之珍；长卿奏名，天子悦大人之赋。长君怀玉以召试，名在第三，由诸生授为内阁中书。先生盛德之报，肇于此矣；国家异数之宠，萃于门焉。明年，先生又举一孙。于是长君怀玉，属友某为家庆之图。遂假官归，为先生及恭人称六十之觞，礼也。世英未老，已复抱孙；文度乍归，时还登膝。朱履塞径，门皆上寿之宾；黄花映筵，筵成益岁之颂。

『亮吉于先生有连，庆先生之获福未艾也，因为之推广世德，发明贤风，于以知国宠至渥，必萃既高之门；家禧实覃，唯归余庆之室云尔。』（《洪亮吉集》第一册，中华书局，2000年，383页）

所谓好人有好报，因为官为人为乡里为学问为家国皆为尽心不二，忠贞贤仁，因此有五福临门，作者也因为这个理由，推而广之，以荫及后人。

从题墨来看，徐立纲的『家庆图』和赵怀玉的『家庆图』大致相同，可谓荣耀乡里之极。

三、乾嘉之际贤臣硕儒的墨宝集粹

徐立纲虽为编修，且任职安徽学政，可谓为乾隆之际的『高官』，但如此『高官』要想把这些『要人』请来为其『家庆图』题墨也非一件易事。

从为官从政角度说，有官至宰辅的刘墉、朱珪、曹文植、戴连奎、张百龄，还有侍郎、学政、御史官职多人。这些人为官造福一方，为学多为时人所首肯。如朱珪作为嘉庆

上 曹文植墨迹
下左 刘墉
下中 邵晋涵墨迹
下右 郑际唐墨迹

皇帝的老师，为政为文作诗皆有较高成就。

从文人学者角度说，更有影响文风、学术走向、在其所从事的专业方面皆达到了那个时代的历史最高成就。翁方纲的格调说诗论及诗作影响了乾嘉时代的风气和走势。刘墉、曹文植、邵晋涵、郑际唐等为《四库全书》的编纂皆作出了卓越贡献。洪亮吉不论作为学者还是诗人皆成就突出，是清代学术史和文学史绕不开的重要人物。伊秉绶为官为学皆为时代称颂，特别是其以金石人书法，成为清中后期以碑文改革书坛的先驱。邵晋涵经学研究是中国学术史上具有里程碑意义的贡献，如《孟子述义》《尔雅正义》《𬨎轩日记》等书，是研究经学史、语言学史和文字学史必读的经典。

今天揣忖，徐立纲之所以能集成此册，一方面与徐的官职如编修和学政有工作之便相关；另一方面，更重要的是他也是学者，虽然其著述不太为后来学界关注，但其求学治学为官尽忠尽孝一定多为时人所认可，这可以从众多杰出人物的题墨及尾注中得到认证。

名園占福地迤邐傍平橋盛事傳黃閣重綸下紫霄烟霞如有待山水若相招沙路連 丹禦蒲輪度不遙 台階先後輩冰玉恰叢清宴構廳旋寫新林谷出鶯草聯螢似筆萬抱賦於羨然否江南似相期擕杖行

題奉

實公翁六伯大人家叢園 並求指正

愚姪劉墉呈奉

32.5×24.9cm

释文

名园即福地，迤逦傍平桥。盛事传黄阁，重纶下紫霄。
烟霞如有待，山水欲相招。沙路连丹御，蒲轮度不遥。
台阶先后辈，冰玉恰双清。旧构厅旋马，新林谷出莺。
草联萦似带，莼想腻于羹。然否江南似，相期揳杖行。

题奉

宝翁六伯大人家庆图 并求

指正 愚侄刘墉呈本

刘墉

1720—1805

字崇如，号石庵，山东诸城人。文正公刘统勋（大学士）之子。乾隆辛未年（1751）进士，官至体仁阁大学士，在乾嘉两朝任相国凡十一年，甚受帝皇宠幸。谥文清。书法魏晋，尤长小楷，笔意古厚。其书初从赵孟頫入，中年后乃自成一家。貌丰骨劲，味厚神藏，不受古人牢笼，超然独出，与翁方纲、梁同书、王文治并称为『清四大书家』。有《学书偶成》三十首，用元遗山《论诗绝句》韵。尝奉旨刻清爱堂帖。有《石庵诗集》。

駢駢皇華使索題家慶圖披圖
識韶顏花木美蔭敷蘭茁集翡翠
雲英霏露珠行廬和氣萃眷屬
安樂俱齊眉笑鴻案繞膝羅鳳雛
清華登妙選玉署簪豪趨持
風[illegible]

胡高望

1730—1798

字希吕，号豫堂，浙江仁和人。乾隆十八年（1753）乡试考中举人。乾隆十九年，考授中书。而后得中一甲二名进士，授翰林院编修。乾隆帝召见胡高望等人时，给胡高望的批示：『明白。』认为他是头脑清楚的。乾隆二十八年，散馆一等。乾隆三十二年，考试翰詹，钦定二等二名，升为翰林院侍读，充日讲起居注官。迁左春坊左庶子。乾隆三十三年，出任会试同考官、阅中书学正卷。乾隆三十四年，任会试同考官。乾隆三十六年，胡高望以庶子出任山东乡试主考官。乾隆三十七年，会试同考官。次年，授翰林院侍读学士。

32.4×49.7cm

释文

骁骁皇华使，索题家庆图。披图识韶颜，花木美荫敷。兰茁集翡翠，云英霏露珠。行庐和气萃，眷属安乐俱。齐眉对鸿案，绕膝罗凤雏。清华登妙选，玉署簪豪趋。持衡膺宠命，于役星轺驱。青山古名地，江水通慈湖。禄养与色养，循陔彩绶纡。嘉福娱画锦，朗抱澄冰壶。殊荣逾四牡，至乐征德符。

条甫学使奉尊人

宝翁太老先生之皖江官署，濒行，以家庆

图见示，走笔应教。时乾隆庚子九月中浣

豫堂胡高望

物望南皮在工歌北面俱全家浮道氣奕代任
皇都邦族今言復冠纓曩不渝門才生孝穆鄉
社語曹盱祿逮名偕顯神充德自符花閒琴在
御紉外杖分扶萬石風堪準三公養必穿龍
鱗徽老健鶴髮看紛敷積善吾能說承祥孰
與誣謝階蘭茁玉王砌鳳將鵷早受封翁誥
還憑畫史圖者英他日會軒蓋重填衢
己亥夏五爲錢厓太史奉題　尊甫
寶翁太老先生大人家慶圖即正
白華吳省欽

32.4×24.9cm

释文

物望南皮在，工歌北面俱。全家浮道气，奕代住皇都。
邦族今言复，冠缨曩不渝。门才生孝穆，乡社话曹盱。
禄逮名偕显，神充德自符。花间琴在御，竹外杖分扶。
万石风堪准，三公养必孚。龙鳞征老健，鹤发看纷敷。
积善吾能说，承祥孰与诬。谢阶兰茁玉，王砌凤将雏。
早受封翁诰，还凭画史图。耆英他日会，轩盖重填衢。

已亥夏五为铁厓太史奉题尊甫

宝翁太老先生大人家庆图即正

白华吴省钦

吴省钦（1730—1803）

字冲之，号白华，江苏南汇（今属上海）人。乾隆二十八年（1763）进士，授编修，历四川、湖北、浙江学政，官至左都御史。嘉庆间以荐王昙，谓其能作掌心雷，可制服川楚教军，坐诞妄夺职。有《白华初稿》。

春風和四時庭闈足三樂誰貌犀真
圖相對清於鶴仲車獨行人食貧
無隕獲使輪到京華四壁悄懸簿
高歌庵下春潛動黃鍾籥有子治一
經辛勤早蔬屩 豁角天上種虎魄
松根栽氣騰逼霄紫磊落真仙才
出門動冠蓋上堂娛嬰孩番番雙
難老日繞庭中槐鄂不茁連理芝

朱珪 【1731—1807】

字石君，号南厓，晚号盘陀老人，顺天大兴（今属北京市）人。乾隆十三年（1748）进士。通经学，与兄朱筠并负时誉，人称『二朱』。历任四库馆总阅、浙江学政、安徽巡抚、两广总督、兵部尚书、吏部尚书、户部尚书、协办大学士、国史馆正总裁、会典馆正总裁等。乾隆重其学行，授嘉庆帝学。嘉庆间官至体仁阁大学士。工隶书，包世臣称其真书逸品上。卒谥文正。有《知足斋集》。

獨婉孌闈風亦和平行鳴水蒼佩
文吹陔華笙官學日以達嘉蔭長
雙清何以錫汝保為善有令名此
福天所靳珍重天休并 奉題
寶翁太老先生家慶圖應
脩甫賢弟屬 大興朱珪

32.5×49.7cm

释文

春风和四时，庭闱足三乐。谁貌群真图，相对清于鹤。

仲车独行人，食贫无陨获。只轮到京华，四壁悄县簿。

商歌庑下春，潜动黄钟龠。有子治一经，辛勤早蔬厤。

麟角天上种，虎魄松根栽。气腾逼霄紫，磊落真仙才。

出门动冠盖，上堂娱婴孩。番番双难老，日绕庭中槐。

鄂不茁连理，芝草生重台。敬恭鸡鸣起，积善天方培。

孟坚石家传，昌黎董生行。爱日独婉娈，闻风亦和平。

行鸣水苍佩，交吹陔华笙。宦学日以达，嘉荫长双清。

何以锡汝保，为善有令名。此福天所靳，珍重天休并。

奉题

宝翁太老先生家庆图应

条甫贤弟属　　　大兴朱珪

出接青雲士，歸娱白髮親。生花簪筆
鰲試，綵舞衣新。珂佩趨雙闕，煙霞
傍四隣。環階看玉樹，摩頂認仙麟。
稽古傳經笥，論勤負米囷。才名孚
衆口，樂事擅天倫。餘慶誠由積，留
懽意倍真。登堂他日拜，應許步
荀陳。

奉題
寶翁老伯大人家慶圖即請
脩甫老世長兄教正
傳研姪嵇承謙

32.4×24.6cm

嵇承谦

（1732–1784）

字受之，号晴轩，江南无锡人。乾隆二十六年（1761）进士，官庶吉士。历任翰林院编修、上书房行走、陕西学政、翰林院侍讲、侍读学士。其祖父嵇曾筠，父嵇璜，弟嵇承豫、嵇承濂均为当朝名人。工书法。有《一枝集》《直庐集》《使轺集》《焦雨集》。

释文

出接青云士，归娱白发亲。生花簪笔艳，试彩舞衣新。
珂佩趋双阙，烟霞傍四邻。环阶看玉树，摩顶认仙麟。
稽古传经笥，论勤负米囷。才名孚众口，乐事擅天伦。
余庆诚由积，留欢意倍真。登堂他日拜，应许步荀陈。

奉题

宝翁老伯大人家庆图即请

条甫老世长兄教正

傅研侄嵇承谦

瓜瓞綿綿天室頌祥和錫及列德门朱顏
宗伯祖稱祖黑髮學使始抱孫真見斑
衣趋艾耋須敖瑜珥換来昆充閲人
日親徽喜貴種令知禮有源
初閤

乾隆壬子仲春　恭題
寶翁老太伯大人家慶圖應
鐵崖前輩大人屬即祈
誨政
後學翁方綱拜題

32.4×24.9cm

释文

瓜瓞绵绵天室颂，祥和锡及列德门。朱颜宗伯（祖）称祖，黑发学使始抱孙。真见斑衣趋艾耋，须教瑜珥抚来昆。充（阅）人日亲征喜，贵种今知醴有源。初闾

乾隆壬子仲春恭题

宝翁老太伯大人家庆图 应

铁崖前辈大人属即祈诲政

后学翁方纲拜题

翁方纲（1733—1818）

字正三，一字忠叙，号覃溪，晚号苏斋。顺天大兴（今属北京）人。乾隆十七年（1752）进士，授编修。历官乾、嘉二朝，官至内阁学士。精通金石、谱录、书画、词章之学。精心汲古，富藏书，博览碑帖，清代金石鉴赏之风大盛，翁方纲实开先声。书法初学颜真卿，继学欧阳询，隶书则师法《史晨碑》《韩敕碑》等碑刻。与同时的刘墉、梁同书、王文治并称为『清四大书家』。论诗创『肌理说』，然所作每嫌太实，有以学为诗之弊。有《两汉金石记》《粤东金石略》《苏米斋兰亭考》《石洲诗话》《复初斋诗文集》等。

積善有餘慶至誠能感神如響應聲疾
拔圖得其真　先生孺子裔结茅鏡湖
新沖懷古處尚菁氣令俗敦種德匪朝
夕有子如麒麟英年富文藻襆被趨
帝闈詩名動太學絳帳開成均望雲不
澣帰畫舸迎倢親承歡奉菽水竭力娛
晨昏捷登玉堂選旋洽蘭陔循
天子重裁士授節施陶甄全家共南下
蒞止姑溪濵公门茂桃李仙署環萱椿
温顔碩之書健骨逾嶙峋忽忽歷三載星
驛還京门老人起鄉思惮衡九陌塵長
江達兩浙帶水波沄沄一舟載烟月蕩漾
山陰春子懷浚纡结屺岵登陟頻明年
請
給假省視帰榆枌老人謂臣職許國當
以身催促使就道軺輮北上輪誰知
聖慈渥如鑒臣孝純倫才指故地

曹文埴（1736—1798）

字近薇，一字竹虚，号香山、直庐、荠原，安徽歙县人。乾隆二十五年（1760）进士，改庶吉士，授编修。鞫狱秉公，历刑、兵、工、户各部侍郎，兼顺天府尹，官至户部尚书。《四库全书》总裁之一。卒谥文敏。有《石鼓研斋文钞》。

孫家慶方未央
君澤珠罕倫室非點盛名中有福德因
小人亦有母乞養邀
天恩遭逢略相似盛事聆倍欣人生烏
鳥願詎易
前席陳無私感
大造同此雨露仁
里句題奉
寶山太老大人即請
條甫大公祖大人雅政
新安侍曹文埴拜手

32.4 × 49.9 cm

释文

积善有余庆，至诚能感神。如响应声疾，披图得其真。先生孺子裔，结茅镜湖新。冲怀古处尚，菁气今俗敦。种德匪朝夕，有子如麒麟。英年富文藻，襆被趋帝阍。诗名动太学，绛帐开成均。望云不得归，画舸迎双亲。承欢奉菽水，竭力娱晨昏。捷登玉堂选，弥洽兰陔循。天子重栽士，授节施陶甄。全家共南下，莅止姑溪滨。公门茂桃李，仙署环萱椿。温颜顾之喜，健骨逾嶙峋。忽忽历三载，星驿还京门。老人起乡思，惮冲九陌尘。长江达两浙，带水波沄沄。一舟载烟月，荡漾山阴春。子怀复纡结，屺岵登陟频。明年请给假，省视归榆枌。老人谓臣职，许国当以身。催促使就道，轫辘北上轮。谁知圣慈渥，如鉴臣孝纯。抡才指故地，优命仍再申。驻节旧庭宇，依荫前松筠。尺书遣迎养，往复无兼旬。团圞不异昔，意外双眉伸。彩衣舞莱子，甘味分桐孙。家庆方未央，君泽殊罕伦。岂非默感召，中有福德因。小人亦有母，乞养邀天恩。遭逢略相似，盛事聆倍欣。人生乌乌愿，讵易前席陈。无私感大造，同此雨露仁。

里句题奉

宝山太老大人即请

条甫大公祖大人雅教

新安侍曹文埴拜手

循陔堂築鳳城隅嘉蔭春融曉露敷新闢
養堂臨越渚倍教暄景勝西虞傳家圖
笈重瑶琛述德詩成寄興深指點曩時釣
遊處故鄉山水倍關心 百八峯排兩面
江對門飛瀑卷雲瀧詩家艷説劉樊事若
箇親身到石窓 百尺松虬抱玉巒初平
分授駐顏丹蘭穹舊注仙源水滋徧春風
九畹蘭 題奉
寶山老伯大人誨政
年愚表姪邵晉涵頓首

32.4×24.8cm

释文

循陔堂筑凤城隅，嘉荫春融晓露敷。新辟养堂临越渚，倍教暄景胜西虞。
传家图笈重瑶琛，述德诗成寄兴深。指点曩时钓游处，故乡山水倍关心。
百八峰排两面江，对门飞瀑卷云泷。诗家艳说刘樊事，若个亲身到石窗。
百尺松虬抱玉峦，初平分授驻颜丹。兰穹旧注仙源水，滋遍春风九畹兰。

题奉

宝山老伯大人诲政

年愚表侄邵晋涵顿首

邵晋涵（1743－1796）

字与桐，号二云，又号南江，浙江馀姚人。乾隆三十六年（1771）进士。授编修，入四库馆分任编校，主持史部之编撰工作。官至侍讲学士。经学根底深厚，善考证，工词章，尤长于史。曾分撰《四库全书总目提要》，为毕沅审定《续资治通鉴》，据《永乐大典》辑出已佚之《旧五代史》等。钱大昕曾言曰：『言经学则推戴吉士震，言史学则推君。』有《孟子述义》《穀梁正义》《尔雅正义》《南都事略》《辅轩日记》《南江诗文钞》等。

築室遥鄰宣武坊，五雲深處景
偏長。南榮早暑南陔字，絶勝人间
畫錦堂。浮榮爭羨黑頭公，當与
君家拜下風。親髮未雖孫已抱，
生修得到圖中。

鐵崖老前輩屬題家慶圖，即求
誨正。陽湖館後學洪亮吉

32.4×24.9cm

释文

筑室遥邻宣武坊，五云深处景偏长。南荣早署南陔字，绝胜人间昼锦堂。

浮荣争羡黑头公，当与君家拜下风。亲发未斑孙已抱，几生修得到图中。

铁厓老前辈属题家庆图　即求

诲正　　阳湖馆后学洪亮吉

洪亮吉（1746—1809）

字君直，一字稚存，号北江，晚号更生居士，阳湖（今江苏常州）人。乾隆五十五年（1790）榜眼，授编修。嘉庆四年（1799），上书军机王大臣言事，极论时弊，免死戍伊犁。次年释还，居家十年而卒。少时诗与黄景仁齐名，交谊亦笃，时号『洪黄』。文工骈体，与孔广森并肩。论诗强调『性情』『气格』，认为诗要『另具手眼，自写性情』。精于声韵训诂，长于舆地，论人口增长过速之害，实为近代人口学说之先驱。工书，善画兰竹。有《春秋左传诂》《卷施阁集》《更生斋集》《北江诗话》等。

32.5 × 49.7cm

释文

如君眷属即仙家，未许庄椿管岁华。珠树千年盛根蒂，随风吹作凤皇花。

闲听鹓雏唤阿翁，孙应名竹子名桐。花间多少含饴乐，却在拈须一笑中。

摩尼一串探珠回，妙语于今继玉台。自是君家有仙骨，梦中忆送石麟来。

陆橘怀香宾坐上，江鱼延笑寝门时。何如岁岁邀天宠，两袖新红裹荔枝。

霞觞亲进九如歌，家庆如君未易过。无数长安远游子，南天惆怅暮云多。

春风数载喜簪毫，子舍还忘色养劳。已有声名传禁近，请君先舞紫兰袍。

奉题

宝翁年伯大人家庆图应

条甫年大兄教　毂人侄吴锡麒

吴锡麒（1746–1818）

字圣征，号谷人，钱塘（今杭州）人。乾隆四十年（1775）进士，由编修累官国子监祭酒。工书法，尤善行、楷。尝主讲扬州安定、乐仪书院。善诗词，尤工骈体文，与邵齐焘、洪亮吉、刘星炜、袁枚、孙星衍、孔广森、曾燠并称『骈文八家』。吴鼒评其作『不矜奇，不恃博，词必泽于经史，体必准乎古初……合汉魏六朝唐人为一炉冶之』（《八家四六文钞》）。所著《有正味斋集》传诵甚广，高丽使至，不惜重价购买。

循彼南陔有椿有萱綏我眉壽載笑載言厥
包有孫厥篚有纁自
天子所以遺二人　循彼南陔有蓀有梓綏我
眉壽載遨載喜輪奐既崇丹雘有煒既安
既舒以介蕃祉　皖水之陽有寢有堂君子
至止軺車有光匯車之光令聞孔彰庭有
訓言迪教允臧　鑑湖之渠有田有廬君子至止
有斑其衣史則有職不遑其居瞻彼白雲既壽且愉

擬南陔四章章八句奉題
寶翁老伯大人家慶圖應
鐵崖老前輩命即祈　教正
婁水愚姪汪學金拜稿

32.4×24.9cm

释文

循彼南陔，有椿有萱。绥我眉寿，载笑载言。厥包有珍，厥篚有纁。自天子所，以遗二人。

循彼南陔，有荪有梓。绥我眉寿，载遨载喜。轮奂既崇，丹雘有炜。既安既舒，以介蕃祉。

皖水之阳，有寝有堂。君子至止，轺车有光。匪车之光，令闻孔彰。庭有训言，迪教允臧。

鉴湖之渠，有田有庐。君子至止，有斑其衣。史则有职，不遑其居。瞻彼白云，既寿且愉。

拟南陔四章章八句奉题宝翁老伯大人家庆图应

铁崖老前辈命即祈教正

娄水愚侄汪学金拜稿

汪学金（1748—1804）

字敬箴，号杏江，晚号静厓，江苏镇洋（太仓）人。乾隆四十六年（1781）进士，授编修。嘉庆中官至左庶子。少时师事朱珪，为学兼通佛典。晚岁营静厓小筑，水竹弯环，梵磬龛灯，俨然世外。常以『毋虐取，毋奢用』诫子。有《井福堂文稿》《静厓诗集》。

宗譜兼年譜同時奪錦田升堂瞻老福獻壽捧瓊杯學海淵源溯仙庭笑語陪祥⿱曲虎寫蓉桂虔對綺筵開　杭葦姑溪近持衡使院寬雙輿欣就養六載極承歡志得顔能駐名成遇自安新陰桃李盛好向鯉庭看　里居依下管鬢髮兩蒼蒼坐有湖山對閒知歲月長撫松鱗漸老種竹筍成行更喜神仙窟新傳餌术方　樂事天倫最融融萃一門無嗔心是佛送喜子生孫書史能周覽文章肯細論他年操几杖眉壽介芳樽

奉題
寶山六伯大人家慶⿱曲虎

愚姪如澍

32.4×24.9cm

释文

宗谱兼年谱，同时夺锦回。升堂瞻老福，献寿捧琼杯。学海渊源溯，仙庭笑语陪。祥图写蓉桂，虔对绮筵开。杭苇姑溪近，持衡使院宽。双舆欣就养，六载极承欢。志得颜能驻，名成遇自安。新阴桃李盛，好向鲤庭看。里居依下管，鬓发两苍苍。坐有湖山对，闲知岁月长。抚松鳞渐老，种竹笋成行。更喜神仙窟，新传饵术方。乐事天伦最，融融萃一门。无嗔心是佛，送喜子生孙。书史能周览，文章肯细论。他年操几杖，眉寿介芳樽。

奉题　宝山六伯大人家庆图　　愚侄如澍

徐如澍 1752–1833

字洵南，一字春帆，号雨芃、静然，贵州铜仁人。清乾隆四十年（1775）进士。初任武英殿四库馆分校，后任会试同考官、鸿胪寺卿、通政使司副使等。参与纂修《清朝通志》《续通志》《续通典》《清朝通典》《清朝文献通考》。回籍后主讲贵山书院。长于诗歌，工书画，有《宝砚山房诗集》《文集》等。

昔年燒尾曾同宴茱子宮袍衆爭羨朝退
嘗隨過鯉庭循陔親見供珍膳自 君持
節向江南我亦懷歸返鄉縣中間儀指別
多年近復長安日相見今年示我家慶圖
爲言 二老樂桑榆自從使署返田里鏡
水稽山足宴娛精神縱復放少壯庭幃那
忍離斯須平生不識望雲苦千里今知
魂夢紆急思迎養來 帝里溯河計
日飛輕舠春風堂上娛鶴髮至樂不與國
中殊圖中孫曾爭繞膝瑜珥瑤環盡無

戴联奎（1753—1822）

字紫垣，号静生，江苏如皋人。少从邵晋涵受经学。乾隆四十年（1775）进士，官编修，主云南乡试。其门生多居显要官职，而联奎为官以清节自励。嘉庆至道光间，戴联奎先后担任兵、礼、吏、户四部尚书，是清朝汉人中官阶最高的一位。

奉题

寳翁年伯大人家慶圖即请

百雲年大兄大人政　年愚姪戴聯奎

32.4×49.7cm

释文

昔年烧尾曾同宴，莱子宫袍众争羡。朝退尝随过鲤庭，循陔亲见供珍膳。自君持节向江南，我亦怀归返乡县。中间倭指别多年，近复长安日相见。今年示我家庆图，为言二老乐枌榆。自从使署返田里，镜水稽山足宴娱。精神纵复敌少壮，庭帏那忍离斯须。平生不识望云苦，千里今知魂梦纡。急思迎养来帝里，潞河计日飞轻凫。春风堂上娱鹤发，至乐不与图中殊。图中孙曾争绕膝，瑜珥瑶环画无匹。始知孝友致休祥，天遣麒麟萃君室。
往还廿载见来亲，白华歌成美非溢。

奉题

宝翁年伯大人家庆图即请

百云年大兄大人政

年愚侄戴联奎

自昔周旋久多叨指授功一堂
親霽月盡日領春風詘翰裁倉
栗隶鐙剪玉蟲匡居勞夢寐
趨步思猷邇

丙辰初夏四月應
鐵雉大兄先生屬題家慶圖即乞
教正
汀州後學伊秉綬

32.4×24.9cm

释文

自昔周旋久，多叨指授功。一堂亲霁月，尽日领春风。诗翰裁金粟，昼灯剪玉虫。匡居劳梦寐，趋步思猷通。

丙辰初夏四月应

铁崖大兄先生属题家庆图　即乞

教正

汀洲后学伊秉绶

伊秉绶（1754—1815）

字组似，号墨卿，人又称伊汀洲，福建宁化人。乾隆五十四年（1789）进士，官惠州、扬州知府，历署河库道、盐运使。工诗古文，力持风雅。精于书法，曾师从刘墉；兼工篆刻，所用印皆自制。其书似李东阳，尤擅篆隶，劲秀古媚，在清季书坛独树一家。其行书以隶法为之，篆籀金石气溢于字里行间。与邓石如并称『南伊北邓』，又与桂馥齐名。赵光《退庵随笔》谓：『伊墨卿、桂未谷出，始遥接汉隶真传。墨卿能脱汉隶而大之，愈大愈壮。』有《留春草堂诗》《坊表录》《修齐正论》。

直諫家聲舊，天倫樂事長。八旬兼
具慶，五桂並聯芳。皖水迎宮署，南
陔卜錦堂。紫芝歌一曲，舉樓醉霞
觴。孝友敦庭訓，文章著令名。椿萱
偕茈蔭，桃李盡栽成。扶杖天真
固，含飴弄樂生。孫枝肩茸起，犀角
正豐盈。

乾隆辛亥九月九日應
百雲老前輩大人屬奉題
寶翁老伯大人家慶圖即請
教正
白山館後學玉保拜藁

32.4×24.8cm

释文

直谏家声旧，天伦乐事长。八旬兼具庆，五桂并联芳。
皖水迎官署，南陔卜锦堂。紫芝歌一曲，举案醉霞觞。
孝友敦庭训，文章著令名。椿萱偕庇荫，桃李尽栽成。
扶杖天真固，含饴至乐生。孙枝看萃起，犀角正丰盈。

乾隆辛亥九月九日应百云老前辈大人属　奉题

宝翁老伯大人家庆图　即请

教正　白山馆后学玉保拜稿

玉保

【1759—1798】

栋鄂氏，字德符，一字阆峰，满洲正黄旗人。乾隆四十六年（1781）进士，官检讨，与兄铁保并有才名。嘉庆间官至兵部侍郎，究心兵家言。川、楚教乱起，上欲用为巡抚，为和珅所阻，郁郁而卒，年甫四十。有《萝月轩存稿》。

華堂佳日奏雲和，杖屨春風滿樂窩。家是鯉庭能接武，人間清福占來多。

宣武坊前新卜居，循陔花木繞精廬。師構循陔堂，在順城門外。始知金馬遲迴處，仍似稽山舊里閭。

東觀編摩羨等身，翩翩文采照同人。君看孝穆宗風振，自是徐家富石麟。

偶向橋門講德來，無邊翹秀手親裁。師自為國子監學正日，已被命分校試闈。文光散作門庭瑞，彩筆從茲映斗魁。

黃山佳氣日氤氳，重識皇華舊使君。師兩次督學安徽。直向衙齋開子舍，不勞更望狄公雲。

元禮龍門昔共依，登堂幾度拜重闈。即今江左絃歌士，猶詠公歸念衮衣。

步蔣心餘前輩韻敬題

太老夫子大人家慶圖，應

夫子大人鈞命

門下晚生朱理拜稿

32.4 × 24.9 cm

释文

华堂佳日奏云和，杖屦春风满乐窝。最是鲤庭能接武，人间清福占来多。

宣武坊前新卜居，循陔花木绕精庐。（师构循陔堂，在顺城门外。）始知金马迟回处，仍似稽山旧里闾。

东观编摩羡等身，翩翩文采照同人。君看孝穆宗风振，自是徐家富石麟。

偶向桥门讲德来，无边翘秀手亲栽。（师自为国子监学正日，已被命分校试闱。）文光散作门庭瑞，彩笔从兹映斗魁。

黄山佳气日氤氲，重识皇华旧使君（师两次督学安徽。）直向衔斋开子舍，不劳更望狄公云。

元礼龙门昔共依，登堂几度拜重闱。即今江左弦歌士，犹咏公归念衮衣。

步蒋心余前辈韵敬题 太老夫子大人家庆图应夫子大人钧命

门下晚生朱理拜稿

朱理 1761—1819

字燮臣，一字文石，号静斋，安徽泾县人。乾隆五十二年（1787）进士。散馆授编修。嘉庆间历任浙江衢州知府、福建兴泉永道、刑部侍郎、江苏及贵州巡抚、兵部侍郎、都察院右副都御史。所至有善政，为一代能吏。参与编纂《石渠宝笈》。

舊聞來廣徽笙詩補華黍君作循陔堂意已古
人許 堂前雙白髮相莊儼賓敘含飴弄諸孫
日增笑語惟君養天和性與物無拒渴士以娛
親藥籠十年貯春風獻壽筵桃李秀楚楚而君
溫凊心愉菀必親舉為政施于家積善慶乃孚
匪曰張吾門流傳德有緒請看圖中郎犀角
豈恆侶 佳 奉題
寶山年伯大人家慶圖應
百雲年大兄大人屬即正
年愚姪陳崇本拜稿

32.4×24.9cm

陈崇本

字伯恭，河南商邱人。乾隆四十年（1775）进士，官宗人府府丞。博雅嗜古，善书，与翁方纲友善。山水工浅绛，宗法黄公望。

释文

旧闻来广微，笙诗补华黍。君作循陔堂，意已古人许。
堂前双白发，相庄俨宾叙。含饴弄诸孙，(日)：日增笑语。
惟君养天和，性与物无拒。得士以娱亲，药笼十年贮。
春风献寿筵，桃李秀楚楚。而君温清心，牏器必亲举。
为政施于家，积善庆乃予。匪曰张吾门，流传德有绪。
请看图中郎，犀角岂恒侣。佳

奉题

宝山年伯大人家庆图应百云年大兄大人属即正

年愚侄陈崇本拜稿

昔聞慶元伯長有新詩駢題錦
幀摛華辭南陽清河著兩軸丹
泉舜泉遥相思何如元卿表棠
錫光依蔭渥椿萲枝佳話流傳
競援引圖中今始得見之〻
何足異〻此純孝思猶記繪圖
第一義太平迎養懽追隨芍陂
秋深促歸騎相逢重接袁文麾
春風遍和披藹〻春暉延晷瞻
遲〻簪毫怡侍得真樂松年奚
止誇期頤　奉題
寶翁老伯大人家慶圖即請
鐵崖老前輩教正　愚姪陳萬青

32.4×49.7cm

陈万青

字远山，号湘南，浙江石门（今桐乡）人。乾隆四十六年（1781）一甲二名进士，授编修。历任翰林院侍读、会试同考官、陕甘学政。参与纂修《清朝通志》《续通志》《续通典》《清朝通典》《清朝文献通考》《续文献通考》等。工书，法赵孟頫，尤精于小楷。

释文

昔闻庆元伯长有新诗，骈题锦帧搞华辞。南阳清河著两轴，丹泉舜泉遥相思。何如元卿表荣锡，光依荫渥椿萱枝。佳话流传竞援引，图中今始得见之。见之何足异？异此纯孝思。犹记绘图第一义，太平迎养欢追随。芍陂秋深促归骑，相逢重接袁文麾。春风递和披蔼蔼，春晖延晷瞻迟迟。簪毫怡侍得真乐，松年奚止今期颐。奉题

宝翁老伯大人家庆图即请铁崖老前辈教正

愚侄陈万青

鑑湖碩望著耆年孝穆家聲自昔傳早有才
名喧日下頻看樂事集庭前燕山杖屨
君恩重皖國軒車子舍便此後鄉園慶頤養
老人星即地行仙　積善家藏安樂窩長生
儷侶自婆娑桐花鳳繞將雛好梓里雲深得
蔭多萬卷穀貽知稚尚千春眉壽本慈和試
披圖看孫枝發倚馬才高撼玉珂　膝前早
數白眉良翔步清華上玉堂銜岳三秋瞻使

缪晋

字子和，福建福安人。善墨梅，枝干盘屈如枯藤。间写松柏，亦古健。——

難量 上林鶯語昔同聽蘭譜欣聯謁典型
瀟洒風襟松接葉崚嶒仙骨鶴梳翎竊聞視
膳隨鳩杖每趍循陔過鯉庭他日
朝端褒五世盈牀袍笏桂全馨
七律四首奉題
寶山年伯大人家慶圖應
鐵崖大兄大人屬即請
郢政　年姪申浦繆晋呈本

29.3×49.5cm

释文

鉴湖硕望著耆年，孝穆家声自昔传。早有才名喧日下，
频看乐事集庭前。燕山杖履君恩重，皖国轩车子舍便。
此后乡园庆颐养，老人星即地行仙。积善家藏安乐窝，
长生仙侣自婆娑。桐花凤绕将雏好，梓里云深得荫多。
万卷榖贻之雅尚，千春眉寿本慈和。试披图看孙枝发，
倚马才高撼玉珂。膝前早数白眉良，翔步清华上玉堂。
衡岳三秋瞻使节，姑溪两度仰文光。广收吴楚英才美，
共祝椿萱岁月长。更笃友于能养志，一门祥瑞正难量。

上林莺语昔同听，兰谱欣联谒典型。萧洒风襟松接叶，

峻嶒仙骨鹤梳翎。窃闻视膳随鸠杖，每趁循陔过鲤庭。

他日朝端褒五世，盈床袍笏桂全馨。

七律四首奉题

宝山年伯大人家庆图应

铁崖大兄大人属即请

郢政

年侄申浦缪晋呈本

春風杖屨色怡然，堂啓循陔樂事全。翔步
獨高徐孺行，齊眉更仰孟光賢。即看甲第
珂鳴玉，若問菑畬硯作田。文梓詞壇推吐
鳳，古槐講席卜銜鱣。柯亭重望瞻如斗，柏
府芳名記自
天。湘水一麾持使節，皖江兩度駐奎躔。韶
華宧愛椿萲茂，時雨欣覘桃李妍。積厚流
光從不爽，芝蘭今又滿階前。奉題
寶山老伯大人家慶圖，應
鐵崖老前輩命即正。
愚姪邵玉清

32.4×24.8cm

释文

春风杖屦色怡然，堂启循陔乐事全。翔步独高徐孺行，
齐眉更仰孟光贤。即看甲第珂鸣玉，若问菑畲砚作田。
文梓词坛推吐凤，古槐讲席卜衔鳣。柯亭重望瞻如斗，
柏府芳名记自天。湘水一麾持使节，皖江两度驻奎躔。
韶华最爱椿萱茂，时雨欣觇桃李妍。积厚流光从不爽，
芝兰今又满阶前。奉题

宝山老伯大人家庆图应铁崖老前辈命即正

愚侄邵玉清

邵玉清

字履洁，号朗岩，直隶（今河北）天津人。乾隆四十九年（1784）一甲三名进士。授编修，官至国子监司业。

果是培才樹木同，皆以前小草出
葳蕤。㑺甫命子姪出見，畫玉樹也。詠
其家知名者唐生余先意之
恩憑仗椿萱蔭，三度扶人到桂
宮。是加歲科
父母俱全又弟兄，以餘伴句手調羹
老家事事吾親見，醉眼三千里外情

㑺甫大兄索題，復庚公前又未報及，無詠
恩命，親家翁以激余之叔父姻姪，數千里題頌，沒出
齋索和東韻二首，之語意未能情，惟望
㑺甫吟之

激河弟王大鶴

32.5 × 25 cm

释文

果是培才树木同，阶前小草亦茏葱。（条甫命子侄出见，尽玉树也。其最幼名志庚者，余尤爱之。）承恩凭仗椿萱荫，三度扶人到桂宫。（是加岁科）父母俱全又弟兄，公余侍食手调羹。君家事事吾亲见，触眼三千里外情。

条甫大兄索题双庆图，久未报。及再承恩命，视学安徽。余以故交姻娅，数千里趋晤，复出图索句，率题二首，言短意长，此情唯吾条甫喻之耳。

潞河弟王大鹤

王大鹤

字露仲，一字子野，号啸笠，一号羽仲，北京通州人。乾隆二十二年（1757）进士，官少詹事。曾侍仁宗及成亲王读。以避权贵，引疾归里。工书，学米芾、赵孟頫。有《啸笠山房诗》、《露仲诗文集》。

昔充觀國賓同舉推元直京洛著聲華成均標
楷式分校棘闈中桃李門羅植射策啗紅綾玉
堂才秀特持衡始楚南造士載江北旋歸人海盧
輪奐絕離飾名堂曰循陔此意我能測鶴髮兩高
年迎養承顏色古人入仕途常懷菽黍稷絕裾負
謫譏望雲徒感惻試誦魏風篇屺岵憐登陟得禄
為養親似子堪垂則因知純孝心志秉清芬德
丈人本純儒積善報應食梁孟案齊眉孜孜勤燕

吴树本

字子贞、恭铭，江苏娄县人。乾隆三十六年（1771）庶吉士，乾隆六十年（1795）福建乡试主考官。

星輝望南極他日抱曾元矍鑠有餘力
五言二十韻敬題
寶翁年伯大人家慶圖應
百雲學使大兄命即求
教正時重光大淵獻春仲望後一日
雲間年愚姪吴樹本拜稿

32.4×49.7cm

释文

昔充观国宾，同举推元直。京洛著声华，成均标楷式。
分校棘闱中，桃李门罗植。射策啖红绫，玉堂才秀特。
持衡始楚南，造士载江北。旋归人海庐，轮奂绝雕饰。
名堂曰循陔，此意我能测。鹤发两高年，迎养承颜色。
古人入仕途，常怀艺黍稷。绝裾负谤讥，望云徒感恻。
试诵魏风篇，屺岵怜登陟。得禄为养亲，似子堪垂则。
因知纯孝心，悉秉清芬德。丈人本纯儒，积善报应食。
梁孟案齐眉，孜孜勤燕翼。五枝桂擢芳，九畹兰滋殖。
妙手写丹青，披图心敬饬。嘉荫茂椿萱，瑶环侍岐嶷。
舞彩得欢心，星辉望南极。他日抱鲁元，矍铄有余力。

五言二十韵敬题

宝翁年伯大人家庆图应

百云学使大兄命即求

教正时重光大渊献春仲望后一日

云间年愚侄吴树本拜稿

仙人舊宅住蘭苕，移向長安作寓
公。許揚全家皆道象，未妨輕踏軟
塵紅。门第江東奕葉高，偉長華
胄建安豪。儁多車駟俱容浮，階下
新傳識錦袍。澗邊鳩舄不用扶，
眉齊偃共把荣黄。分甘饒了含飴
又笑看棲桐衆鳳雛。五常最說
白眉良，領取聲名貢玉堂。宵欺著
多歲月，蓬壺佳景個中長。書宣武
门邊多第宅，登堂覺喜就循陵。錢唯

同年新次韻為補句之華句蘭善日

吴寿昌

字泰交，号蓉塘，浙江山阴（今绍兴）人。乾隆三十四年（1769）进士，由编修擢侍讲。曾主广西乡试，提督贵州学政。致仕后主讲稽山书院。学识广博，才思富捷，尤工于山水咏物诗。有《虚白斋稿》。

32.4×49.7cm

释文

仙人旧宅住兰芳，移向长安作寓公。许掾全家皆道气，未妨轻踏软尘红。

门第江东奕叶高，伟长华胄建安豪。尽多车驷俱容得，阶下新传试锦袍。

闲却鸠筇不用扶，眉斋健共把茱萸。分甘才了含饴又，笑看栖桐众凤雏。

五常最说白眉良，领取声名贡玉堂。肯厌著书多岁月，蓬壶佳景此中长。

宣武门边多第宅，登堂竞喜就循陔。铁崖同年新构堂名。吹笙为补白华句，兰膳日调筵日开。

夕葵秋树旧时身，迎养欣逢禄逮亲。合与传家称盛事，帝乡多少望云人。

椿萱未觉披闹老，芝玉争看绕砌荣。一段丹青逾顾陆，神仙不藉绘蓬瀛。

蔡家五世仰前贤，佳话维桢句并传。杨有蔡君后五世家庆图诗。定识里荣成国瑞，好将

昼锦记他年。奉题

宝翁年伯大人家庆图即请铁崖年大兄教正

蓉塘侄吴寿昌

五色雲開九疊屏一家光映老人星名花
益壽蒲添節無限春暉在鯉庭輶
軒使騁望雲情兩奉安輿八座榮桃李
陰多絃誦滿采蘭陔畔日吟箋桑果敷
榮手自栽分甘長見壽顏開以藏書萬卷
兒孫讀鳩杖前頭問字來家風萬石
頌江鄉作善從知降百祥他日
墨書褒五世朝衫圍座笏堆牀 奉題
寶翁老伯大人家慶圖應
百雲大兄教
三韓愚姪百齡拜稿

32.4×24.9cm

释文

五色云开九叠屏，一家光映老人星。名花益寿蒲添节，无限春晖在鲤庭。

輶轩使慰望云情，两奉安舆八座荣。桃李阴多弦诵满，采兰陔畔日吹笙。

桑果敷荣手自栽，分甘长见寿颜开。藏书万卷儿孙读，鸠杖前头问字来。

家风万石颂江乡，作善从知降百祥。他日玺书褒五世，朝衫围座笏堆床。

奉题

宝翁老伯大人家庆图应百云大兄教

三韩愚侄百龄拜稿

张百龄（?—1815）

字子颐，号菊溪，直隶承德人。汉军正黄旗。乾隆三十七年（1772）进士，选庶吉士，授编修。历官山西学政、奉天府丞、两广总督、兵部尚书、刑部尚书、两江总督等。百龄负才自守，闲职十余年。仁宗亲政后，始加拔擢。卒谥文敏。工诗文，与法式善、铁保并称『三才子』。有《守意龛集》《除邪纪略》。

男子初生時射弧視遠志播宦父母心已具別離意
三慕閱時更遂之恩愛替君看絕裾人見哉為當世
强分忠孝途顛倒失位次虞舜起田間與人天下事
視彼祿仕人與此孰難易聖治雖無為勞曾敝屣棄如
何終身慕不為四海貳豈必長躬耕始獲終怙恃承歡
與顯揚出處寧頓異　徐卿鄉當人彥彥青雲
致壯歲事遠遊萬里板輿侍卜居春明坊門前
結車騎入貢翁子薪出聯之猴轡簪毫上玉堂
宮袍彝萊戲
天書錫崇褒金花羅紙牘榮名數清華搃

郑际唐

字大章，号云门、子虞、须庵，福建闽侯（今福州）人。乾隆三十四年（1769）进士，改庶吉士，散馆授编修。《四库》开馆，任校办各省送到遗书纂修官。官至内阁学士，兼礼部侍郎。早岁清苦自励，假得书籍，咸手录读之。善鉴别古书画，工书法，精篆、籀、八分。暇喜摹印，贯穿六书，覃思研精，间擅刀法，文秀绝伦。有《传砚斋诗稿》《须庵遗集》《云门随录诗》。

語望雲人寫畫正攝僭
鐵崖同年出其尊人
寶山年伯家慶圖見示囑題其後因賦
一百二十字奉
政
年愚姪鄭際唐拜草

32.4×49.7cm

释文

男子初生时，射弧祝远志。婚宦父母心，已具别离意。
三慕阅时更，遂令恩爱替。君看绝裾人，忍哉为当世。
强分忠孝途，颠倒失位次。虞舜起田间，与人天下事。
视彼禄仕人，与此孰难易。圣治虽无为，几曾敝屣弃。
如何终身慕，不为四海贰。岂必长躬耕，始获终怙恃。
承欢与显扬，出处宁顿异。徐卿廊庙人，落落青云致。
壮岁事远游，万里板舆侍。卜居春明坊，门前结车骑。
入负翁子薪，出联令狐辔。簪毫上玉堂，宫袍舞莱戏。
天书锡崇褒，金花罗纸腻。荣名扬清华，总为二人媚。
四十六年身，未离膝下地。佳话古云难，谁得与君例。
作图告人子，能教风俗厉。寄语望云人，高堂正揺臂。

铁崖同年出其尊人

宝山年伯家庆图见示，嘱题其后。因赋

一百二十字奉

政

年愚侄郑际唐拜草

蘭亭風日正清蘇城北猶留舊隱窩
一自板輿迎養後循陔堂上祝三多
湯通長安不易居未來天地一蘧廬
白雲折輝思親坐日下承歡慰倚閭
家慶圖中自在身萊綵福慧為斯
人玉臺一序留餘韻世、相承有石麟
憶昔皖山使節來春風桃李一時栽
门墻曉入賢才選應讓朱衣獨占魁
紫陽佳氣鬱氤氳遺迹流傳合付君
想見當年揮灑樂墨華猶護吉祥雲

童大年

1874—1955

原名暠，字醒盦，又字心安，一作心庵，号性涵、松君五子，又号金鳌十二峰松下第五童子，崇明（今属上海）人。西泠印社元老。精究六书。刻印喜用冲刀，以汉为宗，旁及浙、邓各派，靡不神妙。其书法四体皆能，篆书功力最深。作花卉，以书法行之。有《依古庐篆痕》《童子雕篆》等。另有未出版的流传本《瓦当印谱》《无双印谱》《抚古印谱》《古人名印存》《肖形图像印存》等。

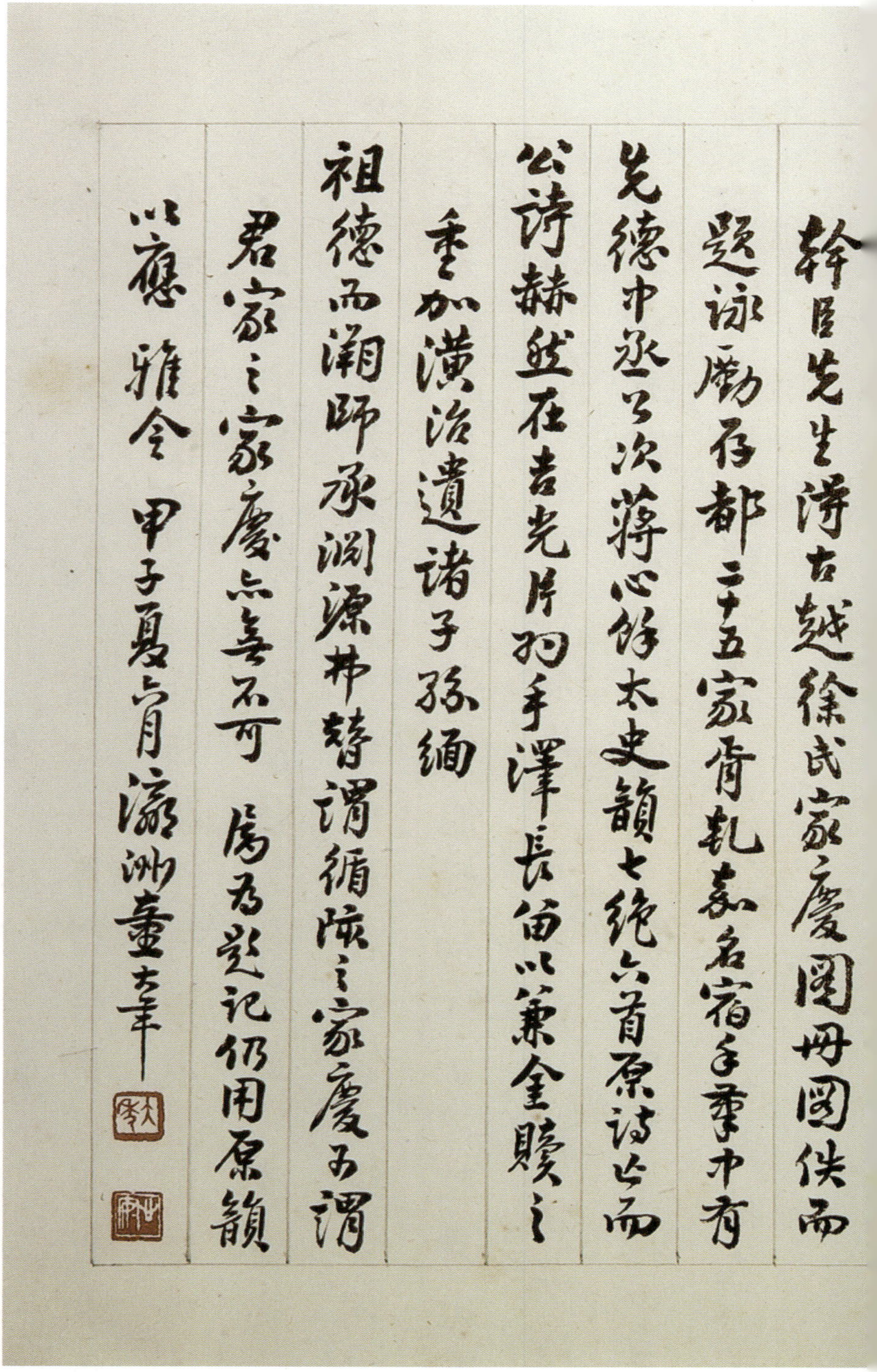

31.7×49.7cm

释文 童大年《家庆图题墨》跋诗

兰亭风日正清和，城北犹留旧隐窝。一自板舆迎养逯，循陔堂上祝三多。漫道长安不易居，本来天地一蘧庐。白云顿释思亲望，日下承欢慰倚闾。家庆图中自在身，双修福慧属斯人。玉台一序留余韵，世世相承有石麟。忆昔皖山使节来，春风桃李一时栽。门墙畴入贤才选，应让朱衣独占魁。紫阳佳气郁氛氲，遗迹流传合付君。想见当年挥洒乐，墨华犹护吉祥云。绛雪词宗韵可依，后先辉映仰重闱。清芬能诵知珍护，胜舞斑连莱子衣。斡臣先生得古越徐氏家庆图册，图佚而题咏仅存，都二十五家，胥乾嘉名宿手笔。中有先德中丞公次蒋心余太史韵七绝六首，原诗亡而公诗赫然在。吉光片羽，手泽长留，以兼金赎之，重加潢治，遗诸子孙缅祖德而溯师承渊源弗替，谓循陔之家庆可，谓君家之家庆，亦无不可。属为题记，仍用原韵以应雅令

甲子夏六月瀛洲童大年

编者赘言

历时近两年，步履蹒跚、诚惶诚恐地编完了这本《清代名贤诗文稿集萃》，深感才疏学浅，也更感中国古代学人博大精深。为便于对汇集于此的诗文稿有一个整体印象，我不揣浅陋，撰写了几篇拙文；谬误纰漏定当不少，祈请大方之家不吝赐教，钦忠之大幸也。

赘言数语，主要是对编辑此书贡献者的致谢。张梅女士初做释文及小传编写，首立头功。孙稼阜先生初校释文并改正诸多。井玉贵先生最后审校，其古典文献之功及精审态度，对提高此书编校质量堪称卓著。顾毅先生从编撰此书之建议到最后对排序之保持历史转流之原貌，起到重要作用。王燕来和丁小明二先生对此书出版事宜之协商筹划不辞劳碌，贡献良多。在此一并致谢。

需要说明的是，如果出现错漏与上述诸位无关。那是我必须承担的责任。

马钦忠 2013年8月4日 上海